Achanda ist fünfzehn Jahre alt. Als er sechs war, wurde er von seinen Eltern verkauft und musste in einem Hotel in Indien als Putzjunge arbeiten, bevor er nach Kathmandu kam. Sein größter Traum ist es, ein Motorrad zu haben und mit Shakti davonzufahren.

Shakti ist vierzehn Jahre alt. Auch sie wurde in sehr jungen Jahren von ihren Eltern verkauft. Sie träumt von dem Blau, das in den Augen eines fremden Mannes leuchtet. Sie ahnt jedoch, dass jenes Blau gegen die Nacht nicht bestehen kann.

Tarun ist zehn Jahre alt und setzt alles daran, ein Mädchen zu befreien, das sich in der Gewalt einer unbarmherzigen Dame befindet. Insgeheim wünscht er sich, dass sich ein göttliches Auge öffnet und Flammen hervorschießen, die alle Schmerzen verbrennen.

Achanda, Shakti und Tarun haben im Recovery Home so etwas wie ein Zuhause gefunden, soweit es das überhaupt geben kann in ihrer Welt.
Benjamin Lebert erzählt voller Wärme von den Träumen, Ängsten und dem Leben der Kinder und den letzten Tagen vor dem großen Erdbeben.

Benjamin Lebert lebt in Hamburg. 1999 erschien sein erster Roman »Crazy«, der in 33 Sprachen übersetzt und von Hans-Christian Schmid fürs Kino verfilmt wurde. Es folgten fünf weitere Romane. Er war für eine Hilfsorganisation eine Zeitlang in einem Kinderheim in Nepal und erzählt in seinem Roman »Die Dunkelheit zwischen den Sternen« von diesen Kindern und ihrem Leben.

*Weitere Informationen finden Sie auf www.fischerverlage.*de

Benjamin Lebert

DIE DUNKELHEIT ZWISCHEN DEN STERNEN

Roman

FISCHER Taschenbuch

MIX
Papier aus verantwortungsvollen Quellen
FSC® C083411
FSC
www.fsc.org

Erschienen bei FISCHER Taschenbuch
Frankfurt am Main, Januar 2019

Druck und Bindung: CPI books GmbH, Leck
Printed in Germany
ISBN 978-3-596-29916-4

Noch neun Tage

ACHANDA

Die Sonne ist eine Verräterin. Sie ist nicht schüchtern wie Misha, die ihre Augen senkt. Sie will nicht schlichten wie Housemother. Sie ziert sich nicht. Sie streckt ihren schimmernden Finger aus und sagt hier, hier und hier. Hier, sagt sie, der zerfetzte Körper eines Fisches im Staub, Gewölk aus Insekten drumherum. Hier der Straßenhund: steif, zottelig, hungergesichtig. Die feuchte Nase als Wegweiser. Er ist noch am Leben, obwohl er es besser wissen müsste.

Wir kennen uns, wir beide. Wir gehören Kathmandu, seinen Pfaden, seinem Granatapfelrot. Wir haben viel gemeinsam. Wir können uns nicht entgehen und haben doch nichts voneinander.

Hier das hellhäutige Mädchen auf der Tafel, die an der Hauswand über den schiefen Balkonen befestigt ist. Das Mädchen auf der Tafel ist glücklich, weil es die süße Flüssigkeit trinkt, die prickelt und

ein Feuerwerk auf der Zunge zündet. Daneben eine zweite Tafel: dasselbe Getränk, andere Farben. Anderes Mädchen. Aber auch hellhäutig. Auch glücklich.
Hier, hier und hier – die Motorräder, dunkel, grollend –, künstliche Bestien, die alles Leben und die Geister der Stadt wie Beute vor sich herjagen. Ich träume, ich werde auch eins haben. Es wird nicht mehr lange dauern. Ich werde mein Gesicht mit einem Tuch verhüllen und einen Helm und eine dieser Brillen tragen, die meine Augen auslöscht. Dann werde ich davonfahren. Staub wirbelt auf, und nichts bleibt zurück. Auch nicht die Erinnerung.

Ich werde Shakti mitnehmen. Sie wird kein albernes Kind mehr sein, das auf einem Bein hüpft und das Krokodil-Lied singt. Sie wird etwas anderes sein. Erwachsen. Und schön. Ja, sehr schön wird sie sein. Und glücklich, wenn ich sie mit mir nehme. Und die Bestie nur auf meine Befehle hört und uns fortträgt.
Die Sonne lügt. Genauso wie die Nacht. Die Nacht lügt, weil sie verbirgt, ohne ein Unterschlupf zu sein. Die Sonne lügt, weil sie alles herzeigt. Auch das, was gar nicht da ist.

Ich bin froh, wenn das Treffen mit dem Alten vorbei ist. Der Alte ist verschlagen und heckt immer etwas aus. Sein breiter Mund grinst, obwohl es nichts zu grinsen gibt. Er geht mit leisen Sohlen auf Wegen, auf denen er nichts zu suchen hat. Seine Hände nehmen viel und geben wenig. Seine Hände sind kräftig. Seine Hände zittern, wenn sie zuschlagen wollen.

Der Junge weicht mir nicht von der Seite. Der Junge, der Tarun heißt. Bleibt in meiner Nähe. Will unbedingt dabei sein. Der Junge hat den Alten noch nie gesehen, und ich verrate ihm auch nicht, was ich mit dem Alten zu tun habe.
Das geht dich nichts an, sage ich. Einfach ein Mann, den ich treffen muss. Mehr nicht. Ich sage ihm, dass er zurückbleiben soll, wenn ich mit dem Alten rede. Dass der Alte nicht mitkriegen darf, dass er zu mir gehört.
Weil er es sich sonst anders überlegen könnte.
Und ich in Schwierigkeiten komme.
Ich sage ihm, dass er nicht wissen darf, wie der Alte aussieht. Weil es nicht gut ist für ihn, wenn er es mit dem Alten zu tun bekommt. Weil es zu gefährlich ist für ihn.

Der Junge hat etwas Grünes an, das ein Brother von weither dagelassen hat. Etwas Grünes mit seltsamer

Aufschrift. Ich mag die Sachen nicht, die die Menschen von weither dalassen. Alle bei uns im Haus finden sie schön. Ich finde nicht, dass sie schön sind. Sie sehen lieblos aus. Es macht keinen Unterschied, wer sie trägt. Und man hat dann so ein Gefühl, als wäre es egal, welcher Morgen kommt oder ob man zu den Göttern betet. Manchmal habe ich Angst, dass es wirklich egal ist. Dass wir eh verloren sind. Aber das darf man nicht denken. Man denkt es trotzdem. Unbeabsichtigt. Wenn die Nacht draußen weit ist wie eine schwarze Wüste, die den Hunden gehört, den Hunden und Gaunern. Und wir Kinder dicht an dicht in den Stockbetten liegen. Aber zeigen darf man es nicht, keinesfalls.

Rinki und Prakash dürfen zur Schule gehen. Sie dürfen die Schuluniform anziehen. Das Blau der Uniform ist schön. Die Faltenröcke der Mädchen leuchten schon von weitem, wenn sie nachmittags in Gruppen den Hügel heraufkommen. Helles Blau. Blaues Glück. Ich mag die Farbe Blau. Sie leuchtet in meinen Träumen.

Der Junge ist seltsam. Seine nackten Füße patschen über den Boden aus Erde und Steinen. Hier an der abfallenden Stelle hat sich ein Rinnsal schmutziges Wasser gebildet, und die Steine sind schlüpfrig.

Patsch, patsch.
Tage und Nächte hat er nur geheult. Ohne Unterlass geheult. Dünn ist er. Und klein. Ein Hauch von einem Nichts. Aber auch in einem Hauch von einem Nichts können Tränen sein.
Ich weiß noch, wie es war, als er so geweint hat. Er hat nicht leise geweint, so wie andere. Er hat laut geweint. Auch nachts. Besonders dann.
Wir alle waren deshalb aufgekratzt und unruhig und sind aufeinander losgegangen.

Am dritten Tag ist er weggelaufen. Gleich am Morgen nach dem Reis. Śarana, der gute Mann, war nicht da. Und auch keine Brothers und Sisters von weither. Housemother hat mich losgeschickt, nach ihm zu suchen. Weil ich älter bin als die anderen und schon reifer. Das denkt Housemother zumindest. Und sie denkt, dass ich mich damit auskenne. Viele von uns Kindern laufen ja am Anfang weg. Seltsam, ich selber bin nicht weggelaufen. Jedenfalls nicht von hier.

Das Weglaufen ist sowieso nicht das Schlimme. Das Schlimme ist, dass man fast immer gefunden wird, wenn man wegläuft. Ich will nicht dran denken, was passiert ist, als ich einmal gefunden wurde. Das war an einem anderen Ort. Ist aber noch nicht lange her.

Ich will nicht dran denken und kann doch nicht anders. Wie sie mich an den Wagen gebunden haben. Wie ich über den Boden geschleift wurde.

Die Augen des Jungen sind vorsichtig. Sie verweilen nie lange an einer Stelle. Seine Augen haben Angst. Angst vor dem, was sie sehen könnten. Angst vor dem, was sie schon gesehen haben.

Der Junge ist damals nicht weit weg gelaufen. Er ist im Keller eines Hauses gewesen, hat er gesagt. Dann hat man ihn gefunden, und sie jagten ihn weg. Sie haben ihn nicht zu uns zurückgebracht, obwohl sie wussten, dass er wahrscheinlich zu uns gehört. Sie haben sich nicht drum gekümmert. Die Leute in der Gegend mögen uns nicht.
Der Junge hat sich unten in der Tempelanlage von Budhanilkantha herumgetrieben. Nahe am trüben Wasser, wo der steinerne Vishnu liegt und schläft, tief schläft auf der Weltenschlange Ananta, die über seinen Schlaf wacht. Über den Jungen wachten nur die alten Sadhus mit ihren bemalten, ausgezehrten Gesichtern. Die Sahdus und Tauben. Der Junge konnte nicht wegfliegen wie die Tauben. Er konnte nur rennen. Schnell rennen. Aber ich habe ihn erwischt in den Gassen.

Ich weiß noch, was ich alles zu ihm gesagt habe. Ich weiß noch, dass ich gesagt habe: Du brauchst nicht wegzulaufen. Du hast es gut bei uns in dem Haus, das Recovery Home heißt. Unter den Gipfeln des Shivapuri. In unserem Haus ist es gut. Du bist nicht allein. Über ein Dutzend anderer Kinder sind da. Śarana, das ist ein guter Mann, habe ich gesagt. Freundlich. Und ganz und gar nicht wie die anderen. Er kümmert sich um jeden von uns. Um die Kleinen, die erst sechs oder sieben sind, genauso wie um die Älteren. Und um dich wird er sich auch kümmern. Du musst nicht mehr für einen bösen Sir oder eine grausame Maharani arbeiten, habe ich gesagt. Die dich quälen. Das Arbeiten ist jetzt vorbei. Endgültig vorbei. Auch, wenn du es nicht glauben kannst. Du bist frei – so wie wir anderen Kinder auch. Du kannst spielen, mit uns auf den Playground gehen. Housemother passt auf uns auf. Und wer weiß, vielleicht kannst du schon bald zurück ins Dorf zu deiner Familie. Das habe ich gesagt. Ich habe nicht gelogen. Ich habe alles gesagt, was Śarana immer zu uns sagt. Ich habe sogar versucht, seine Stimme nachzuahmen, die manchmal so sanft ist, dass nichts gegen sie bestehen kann. Auch nicht das Tönen von Kathmandu. Kein Hupen, Knattern und Rufen. Nicht das Hundegebell und die vielen Handglocken, die ihre Töne in der

Luft verstreuen, um das Ohr eines Gottes zu finden. Kein lautes, schleimiges Ausspucken, und was da noch alles ist. Nichts kommt gegen Śaranas Stimme an, wenn sie sanft ist. Auch nicht die Schreie in mir.

Damals hat mich der Junge noch kein bisschen gekannt. Ich weiß nicht, ob er mir zugehört hat. Ob er alle meine Worte überhaupt richtig verstehen konnte.

Manchmal verstehen mich die Kinder nicht. Meine Sprache ist nicht mehr Nepali, die Sprache der Heimat. Meine Sprache ist Hindi, die Sprache der Ferne, in die man mich gebracht hat, als ich noch kleiner war als der Junge. Die Sprachen ähneln sich. Viele Wörter sind gleich oder klingen verwandt. Die Lieder, die in dem schwarzen Fernsehkasten gesungen werden, sind Hindi. Die Kinder kennen sie und singen mit. Wenn ich rede, ahmen sie mich manchmal nach, und sie machen es ziemlich gut. Trotzdem sind es zwei verschiedene Sprachen.

Etwas an mir muss aber überzeugend für den Jungen gewesen sein. Denn er ist freiwillig zurückgegangen zum Haus. Seitdem hängt sich der Junge an mich. Erst ist er vor mir weggelaufen, und jetzt folgt er mir überallhin. Es ist schwierig mit ihm.

Da ist der Alte. Er schleicht um die Kleinbusse am Budhanilkantha-Platz. Wie immer. Ich erkenne ihn sofort. Er späht und wartet. In die staubige Weite des Vormittags, in der Raum ist für so viel Bewegung, Herzschlagen, Tod. Helle Schwaden gleiten durch die Luft, hüllen die Busse ein. Der Staub fällt auf die Menschen herab. Auf die roten Saris, die dreiteiligen Kurtas. Auf abgewetzte Hosen. Auf die Waren der Händler, auf Stoffe, Kartoffeln, Kürbisblätter, Zwiebeln, Blechgeschirr. Auf das Holzbündel, unter dem die kleine Frau verschwindet. Auf die Ziege, die aus einer schlammigen Pfütze trinkt mit ihrer rauen Zunge.

Da sind die jungen Männer, die bei den Bussen stehen und warten und die Richtung hinausbrüllen, in die ihr Bus fährt. Die Busse sind immer überfüllt. Die Leute stehen geduckt drin. Ein Durcheinander ist das aus Ellbogen, Knien, Ungeduld. Die Kerle kassieren das Geld für die Fahrt – 30 Rupien, manchmal ein bisschen mehr. Und wenn Menschen von weither da sind, viel mehr. Aber das kommt hier fast nie vor, nein. Die Typen halten die Geldscheine in Händen – kleine Scheine außen, große Scheine innen –, und wenn der Bus anfährt und schwarzen Rauch spuckt, springen sie hinein und knallen die Schiebetür zu. Dann recken sie den Oberkörper aus dem Fenster und brüllen die Halteorte auf die Gassen hinaus, wo ein kleiner Bus im Gewühl der Fahrzeuge und Menschen nichts mehr zählt.

Der Alte wartet, späht. Wir sind noch weit genug entfernt. So dass er uns nicht sehen kann.
Ich hätte Tarun nicht mitnehmen sollen. Dass er dabei ist, wird für Probleme sorgen. Ganz egal, wie's läuft. Aber wenn ich den Jungen jetzt zurück zum Haus schicke, verpetzt er mich. Man muss auf der Hut sein. Auch vor den anderen Kindern. Besonders vor denen. Sie sind klein, aber sie haben Klauen und Zähne. Sie setzen sie ein. Manchmal wissen sie nicht, was sie tun. Und manchmal wissen sie's genau. Dann ist die Gefahr am größten.
Das letzte Mal, als ich verpetzt wurde, war nicht gut. Śaranas Stimme ist nicht sanft gewesen.
Ich muss dem Jungen das Gefühl geben, dass wir zusammengehören. Ein Team sind.
Aber sehen darf der Alte den Jungen nicht.

Der Junge schaut mich an. Er ist aufgeregt und quasselt mit seiner hellen Stimme, die wie eine Pfeifdrossel klingt. Ich sage ihm nicht, dass da drüben schon der Alte ist und wartet. Ich sage ihm jetzt nur, dass ich allein weitergehen werde und er hierbleiben soll. Ich sage ihm, dass er beim Laden an der

Ecke den Beaten Rice kaufen soll, wie es uns Housemother aufgetragen hat. Den Beaten Rice und das bisschen Faden zum Ausbessern der Klamotten. Ich gebe ihm den Geldschein von Housemother. Und ich gebe ihm noch eine Münze. Die einzige Münze, die ich habe und die Śarana mir gegeben hat. Für die Münze gibt es zwei gelbe Bonbons.

– Wir treffen uns wieder hier, sage ich. Ich beeile mich.

Er quasselt weiter, will wissen, wo der Alte ist. Ich rede streng mit ihm. Ich kann mich nicht länger um ihn kümmern. Ich lasse den Jungen jetzt zurück. Ich hoffe, dass er wartet. Dass er nichts Dummes macht.

Ich verschwinde in Richtung des Alten.

Ich werde es schnell hinter mich bringen, und dann habe ich wieder etwas, das ich Krishna geben kann. Bis alles abbezahlt ist. Es wird nicht mehr lange dauern. Noch ein paar Mal zum Alten gehen … noch ein paar Mal …

Krishna wird lächeln. Auf seine offene, verschlagene Art.

Ich hoffe, dass Krishna Wort hält.

Keine Sorge, Junge. Du kannst auf mich zählen. Das sagt er immer, wenn ich zu ihm und seinen Leuten komme. Aber ob es stimmt, das sagt niemand.

Der Alte hat mich entdeckt. Er grinst mit seinem breiten Mund. Obwohl es nichts zu grinsen gibt. Ich will auf meine Bewegungen achten, wenn ich mich ihm nähere. Ich will, dass sie weich aussehen, geschmeidig. Ich will nicht, dass mein Körper sagt: Ich habe Angst.

Ich tue, was ich immer tue, kurz bevor ich den Alten treffe. Ich denke fest an die Zeichnung oben in meiner Mappe. Die Zeichnung von dem Mädchen. Ich selber habe das Mädchen gemalt. Das Mädchen ist hellhäutig und hat große Augen. Das Mädchen hat große Augen und ist weiß und hat ganz hohle Wangen und ein spitzes Kinn. Die Lippen sind schmal, und die Nase ist klein. So sieht das Mädchen aus, das ich gemalt habe. Das Mädchen sieht so aus, damit niemand weiß, wer das Mädchen wirklich ist. Es ist Shakti. Nur ich weiß das. Das Mädchen, das ich gemalt habe, sieht in Wahrheit ganz anders aus. Das Mädchen, das ich gemalt habe, ist nicht schön. Aber in Wahrheit ist sie es.

Ich mag den Ort nicht. Ich mag den Mann hinter der Theke nicht, der uns Kinder immer wegscheucht und nur nett ist zu den Leuten, die zahlen. Nie gibt er uns auch nur eine einzige Flasche von einem süßen Getränk, obwohl er viele davon hat. Sehr viele.

Wenn ich aber mit dem Alten hier bin, scheucht mich der Mann nicht weg. Er legt die Hände für ein »Namaste« aneinander. Ich mag den Ort nicht.

Draußen ist ein Garten mit etwas Grün. Der schimmert angenehm in der Sonne. Und Frauen knien dort draußen und waschen das Geschirr. Aber wir setzen uns nie nach draußen. Immer gehen wir nach oben in das Zimmer, wo der Alte seine Sachen hat. Da ist es schattig. Das offene Viereck des Fensters ist mit einem Tuch verhängt, in dem sich der Wind verfängt. Es riecht hier wenig nach Räucherwerk und viel nach Schnaps und ein bisschen nach Bast und streng vom Abtritt in der Ecke.
Da ist der Tisch, an dem wir sitzen, auf dem eine Schicht Staub liegt. Der Alte ist stolz auf den Tisch. Der Tisch kommt aus einem anderen Land.
– Du wirst da nie hinkommen, hat der Alte gesagt. So weit schaffst du's nicht, Junge.
Dabei müsste er es besser wissen. Ich habe fast mein ganzes Leben in einem anderen Land verbracht. Einem riesigen Land: Indien. Für mich war das Land nicht riesig. Für mich bestand das Land aus ein paar fleckigen Wänden ohne Fenster, langen, dunklen Gängen, einem kalten Küchenfußboden, aus Betten, die nie sauber zu kriegen waren. Das heißt, selbst wenn sie sauber waren, sind sie nicht sauber gewe-

sen. Sie sind nicht sauber gewesen, weil der Herr gesagt hat, dass sie nicht sauber waren. Trotzdem bin ich dort gewesen, in diesem Land. Und ich habe es auch zurückgeschafft, und ich habe überlebt.

Ich mag es nicht, an seinem Tisch zu sitzen. Fühle mich unwohl dabei. Ich weiß nicht, wie ich mich verhalten soll. Im Haus sitzen wir Kinder immer auf dem Boden. Ich denke an den Jungen und frage mich, was er treibt. Ob er die gelben Bonbons schon gelutscht hat. Ob er wartet. Sein kleiner Körper ist immer unruhig. Zappelt, will sich bewegen. Seine dürren Beine wollen laufen.

Es stimmt, man kommt weit, wenn man in Bewegung ist wie der Junge. Manchmal kommt man weiter, wenn man gar nichts tut. Aushalten nennt man das.

Das Mädchen bringt ein Tablett mit einer Tasse für den Alten, in der Chiyaa ist. Kleine Wolken steigen aus der Tasse. Das Mädchen hält das Tablett gut fest. Sie macht das sehr gut. Ich erinnere mich noch an die Stimme des Herrn im Hotel und wie sie durch die Räume schallte, wenn er die Mädchen anbrüllte und ihnen klarmachte, was sie zu tun und zu lassen hatten.

Dieses Mädchen hier macht es gut. Ihr Rücken ist

gerade, aber ihre Lippen lächeln nicht. Die Mädchen im Hotel haben wenigstens ab und zu gelächelt. Dieses Mädchen hier lächelt nie.

Der Alte schlürft Chiyaa. Der Alte will wissen, was es Neues gibt. Es gibt kaum Neues. Aber das ist dem Alten egal. Er will alles wissen. Das ist die Abmachung, immer wieder. Ich halte mich dran. Ich weiß, wofür ich es mache.

Wissen, ja, ich habe das verstanden. Wissen, das bedeutet etwas. Wissen, das bedeutet, dass man den Dingen nicht ausgeliefert ist. Wenn man den Dingen nicht ausgeliefert ist, kann man genauso gut Herr über sie sein. Und auch Herr über andere Menschen, die selber Herr über gar nichts sind. Das ist etwas. Das ist viel.

Der Alte schlürft Chiyaa, und ich erzähle ihm, dass Housemother immer noch Rückenschmerzen hat und auf der Matte liegt und viel Ruhe braucht und leise wimmert, wenn sie schläft. Ich erzähle dem Alten, dass der Brother von weither wieder da war. Und die Sister, die Nele-Sister heißt – mit ihren Haaren so hell wie gleißendes Licht. Ich erzähle dem Alten, dass sie wieder für uns gemalt hat und wir Sätze gelernt haben auf Englisch: *Ich heiße*

Achanda. Ich bin fünfzehn Jahre alt. Ich erzähle dem Alten, dass Śarana in der letzten Zeit dreimal dagewesen ist. Er hat Hefte für uns mitgebracht, zum Schreiben. Er hat müde ausgesehen. Die Leute, die über uns im Haus wohnen, haben sich beim Landlord beschwert, weil wir zu viel Krach machen. Der Landlord hat keine Geduld. Der Landlord hört weg. Er hört nicht, wie sanft Śaranas Stimme ist. Śarana muss sich vielleicht nach einem neuen Haus für uns umsehen. Śarana hat immer viel zu tun. Śarana muss Medikamente kaufen für Housemother.
Śarana hat geschlafen, auf dem Boden. Er hat sich ganz klein gemacht, fast so klein wie wir Kinder sind. Und Raj ist zu ihm hingekrochen, hat ihn auf die Wange geküsst. Das macht Raj immer. Er will sich bei Śarana einschmeicheln.

Der Alte mag Śarana nicht. Er mag nicht, dass Śarana gut zu uns Kindern ist. Er findet, Śarana sollte sich um seine eigenen Sachen kümmern und nicht um uns Kinder. Er findet, dass wir Kinder faul sind. Kinder müssen arbeiten, findet der Alte. Besonders die Mädchen. So will es die Tradition. Was für einen Sinn hat es, sie in ein Haus zu stecken, wo sie tun und lassen können, was sie wollen, und verwöhnt werden wie Prinz und Prinzessin? Was haben ihre Eltern davon, denen sie verpflichtet sind? Machen sie ihnen

Ehre? Und der Gemeinschaft? Den Ahnen? Kinder haben Pflichten, findet der Alte. Und Śarana auch. Śarana ist feige, findet der Alte. Śaranas Vater war in der Verwaltung des zweitgrößten Krankenhauses von Kathmandu angestellt. Śarana hat studiert und hatte die besten Noten. Śarana hätte etwas aus sich machen können. Aber er weicht seinen Pflichten aus und wirft sein Leben weg.

– Du, Junge, machst es richtig, sagt der Alte. Du weichst den Pflichten nicht aus. Nicht wahr, Junge?

Ich denke fest daran, dass unser Treffen gleich vorbei ist. Dass ich es bald geschafft habe. Zumindest für heute. Gleich kann ich abhauen von hier. Ich schaue den Alten an, der nichts mehr sagt. Dem Alten wachsen Büschel aus den Ohren. Er hat ein zufriedenes Gesicht, mit Augen, die mich gelassen ansehen. Keine Augen, die Angst haben. Ich versuche, mich nicht von ihnen beirren zu lassen. Ich habe mich nicht gedrückt. Ich bin wieder hierhergekommen und habe meine Aufgabe erfüllt. Ich kann stolz auf mich sein. Zumindest ein bisschen. Der Alte kann sich nicht beschweren. Und Krishna wird sich auch nicht beschweren können.

Gleich habe ich es geschafft, denke ich. Gleich steht der Alte auf und geht hinüber zu dem Stoffbeutel, der am Nagel an der Wand hängt. Wie immer. Er wird die zwei Zigaretten für mich herausholen, wie immer. Und das Geld. Das Geld ist das Wichtigste. Ich denke an Krishna, der seine Hand öffnet und lacht. Und an Shakti denke ich. An ihre langen fettigen Haare, die sie sich nicht abschneiden lässt, obwohl sie voller Läuse sind. Daran, wie grob sie oft ist. Wie sie die scheue Misha geboxt hat. Wie freudig ihre tiefschwarzen Augen aufblitzen, wenn sie eines ihrer Lieder singt.
Gleich steht er auf, der Alte, denke ich. In jedem Augenblick.

Aber der Alte steht nicht auf. Der Alte bleibt sitzen. Er schlürft seinen Chiyaa, bis kein Schluck mehr ist in der Tasse. Er sitzt da. Er sagt nichts. Er sieht mich an.
Dann steht er doch auf. Aber geht nicht hinüber zum Stoffbeutel. Er bleibt stehen und reckt sich. Sein T-Shirt rutscht ein Stück nach oben, und ich sehe seinen Bauchnabel und die Haare um seinen Bauchnabel. Irgendwas stimmt nicht, denke ich. Der Alte macht zwei Schritte um den Tisch herum. Ich schaue auf seine Hände. Versuche zu erkennen, ob sie zittern. Wenn die Menschen freundlich reden,

dann folgen fast immer Schläge. Ich weiß das. Ich habe es oft genug erlebt. Und der Alte hat freundlich geredet. Hat er *zu* freundlich geredet?

Er bleibt stehen. Links von mir steht er und nah am Tisch. Von unten schaue ich auf ihn. Ich darf seine Hände nicht aus dem Blick lassen. Besonders auf seine linke Hand muss ich achten, die Unreine, die man beim Toilettengang verwendet. Menschen, die zuschlagen, benutzen meistens die unreine Hand. Sie tun das, ohne darauf zu achten. Aber ich habe darauf geachtet. Meine Arme sind bereit hochzuschnellen und seinen Schlag abzuwehren. Aber die Hände des Alten zittern nicht. Er bleibt stehen und schaut auf mich herab. Er grinst. Obwohl es nichts zu grinsen gibt.

Ich höre ihn sagen:
– Du willst dein Geld haben, nicht wahr?
Ich höre ihn sagen:
– Ich sage dir was, heute gibt's kein Geld. Es gibt erst das nächste Mal wieder Geld. Vielleicht. Es gibt das nächste Mal Geld, wenn du etwas für mich tust. Nur dann. Weißt du, ich will nämlich etwas haben. Etwas, das du mir besorgen kannst. Du bist ein tüchtiger Junge. Ich habe mich immer auf dich verlassen können. Aber weißt du,

es reicht nicht, einfach nur tüchtig zu sein. Sehr selten sogar. Das weißt du doch.

Ich höre diese Worte. Jedes einzelne von ihnen und weiß genau, was sie bedeuten. Ich höre seine Worte und blicke jetzt nicht mehr auf die Hände des Alten. Das ist nicht mehr nötig. Jetzt blicke ich auf meine eigenen Hände. Sie liegen auf meinen Oberschenkeln, und meine Hände sind dunkelbraun und zerfurcht und schmal. Sie haben nichts zu fassen bis auf die dünnen Oberschenkel, und sie tun weh, weil das Nichts weh tut, und das Nichts tut immer am meisten weh, und mit Nichts kann man nicht zu Krishna gehen.

Ich höre den Alten sagen:

– Du weißt doch, dass es nicht ausreicht, hierherzukommen, um mir Geschichten zu erzählen. Irgendwann reicht das nicht mehr. Was sind Geschichten gegen das, was man selber fühlen und anfassen kann?

Wenn du mir bringst, was ich haben will, wirst du auch wieder was kriegen. Vielleicht wird es dann sogar mehr für dich geben. Stell's dir vor. Da, wo etwas ist, da ist mehr. Für dich. Aber zuerst einmal für mich. Du sollst was finden und zu mir bringen. Etwas, das mir gefällt. Das mir Freude macht. Was du finden sollst, ist nicht groß. Es ist klein. Und weich. Und es riecht gut. Nach den violetten Blüten der Bougainvillea. Nach Nelken, Kardamom und anderen Gewürzen. Und ein klein bisschen wie Geschöpfe der Tiefe riechen, weißt du. Wie der Fisch im blauen Meer. Das Meer ist weit weg, Junge. Aber das, was du mir holen sollst, ist ganz nah. Und dein Glück ist auch nah. Wenn du mir holst, was ich will.

– Was soll ich denn holen?, frage ich.

Er sagt es mir.

Er sagt es mir, ohne dass seine Stimme klein wird und verlegen. Und ängstlich. Nein, seine Stimme wird groß, so groß wird sie und ist satt und feucht wie der Regen, der in einigen Wochen über das Land kommt, und wie Regen stürzen seine Worte auf mich herab – jetzt und hier – und spülen mich fort.

– Da ist ein Mädchen, sagt der Alte. Du kennst es. Es wohnt bei euch, im Haus. Ich hab es oft gesehen, wenn Housemother es losschickt, Einkäufe zu machen, das Wasser zu holen. Ich sehe es, wenn ihr auf dem Playground seid. Ich mag, was ich sehe. Ich mag, wie ölig ihr Haar glänzt, wenn sie es offen trägt, und ich mag es mit Zöpfen. Mit bunten Bändern in den Zöpfen. Ich mag, wie das Mädchen herumhüpft und dann stolziert, als wäre es erwachsen. Ich mag ihr rundes Gesicht. Und weißt du, Junge, manchmal kann ich gar nicht schlafen, weil ich es so mag. Und ich möchte, dass du mir etwas von dem Mädchen holst. Etwas, das mir das Mädchen nahebringt. Ganz nah. Etwas Intimes. Ich will, dass du mir das kleine Höschen bringst, das das Mädchen unten herum anhat und das niemand sieht, unter dem Stoff, den sie drüber trägt. Das Höschen, das ganz nach ihr riecht. Nach dem Feuchten da unten. Ich weiß, dass du es kannst, Junge. Du bist geschickt. Es wird einfach sein für dich. Du sollst es stehlen, wenn es nach der Wäsche zum Trocknen aufgehängt wird. Dann kriegst du dein Geld. Und wenn du noch mehr Geld haben willst, dann stiehlst du es, wenn es nicht gewaschen ist. Dann habe ich noch mehr Freude dran. Gleich, wenn sie es ausgezogen hat, stiehlst du es und kriegst mehr Geld.

Die Stimme des Alten ist noch immer groß, obwohl er nicht mehr spricht. Der Alte ist zufrieden, und ich kann den Jungen nicht wiederfinden, der ich gerade noch gewesen bin, vor zwei Minuten, einer Minute. Vor dreißig Sekunden. Ich sitze da, und vor meinen Augen ist Krishna und seine Hand, die

sich öffnet und die Rupien, die ich nicht hineinlegen kann. Vor meinen Augen ist das Motorrad, das davonfährt. Ohne mich. Vor meinen Augen ist das Mädchen. Das Mädchen, das ich gemalt habe, und das Mädchen, wie es wirklich ist.
– Von welchem Mädchen sprechen Sie?, frage ich. Ich frage es, obwohl ich die Antwort schon kenne.

Ich gehe hinunter, und da ist Kathmandu. Da sind das Tönen, die Ungeduld, die Schleier aus Dunst. Aber die beiden Jungen sind nicht da. Weder der Junge, der ich gewesen bin, noch der andere, kleinere Junge, der warten sollte. Hier, beim Laden an der Ecke.

TARUN

Es wird hell werden. Ganz hell. Tausendmal heller als jetzt an diesem Nachmittag. Die verknäulten, tief hängenden Stromkabel, die von den Häusern zu den Holzmasten und von einem Mast zum anderen führen, werden zischen und Funken schlagen. Die Tafeln an den Masten mit ihren Versprechungen, die ich nicht lesen kann, werden an den Rändern glühen.
So fängt es an, ja. So wird es anfangen.

Dann kommen die Flammen.
Sie schießen vom Himmel herab – bäng!
Sie reißen die Erde auf – bäng!
Sie fressen die Häuser. Den Flammen ist es egal, ob ein Haus klein wie ein Schuppen ist. Mit einer Kochecke und ein paar Matten zum Schlafen für viele Menschen. Unter einem Dach aus welligem Silber. Oder ob es ein großes Haus ist mit mehreren

Räumen und einer Terrasse als Dach, wo man herumspazieren kann und den Menschen von oben auf den Kopf spucken. Schön schleimig.

In so einem großen Haus wohnen diese Kinder. Die Kinder, zu denen ich jetzt auch gehöre. Seitdem der Mann mich gefunden hat. Der Mann, den sie Śarana nennen – Zuflucht. Ich glaub nicht dran, dass ein Mann, selbst wenn er nett ist, eine Zuflucht sein kann.

Oben auf die Terrasse dürfen wir Kinder sowieso nicht. Da wohnen andere Leute. Eine Familie. Und noch so ein paar andere, die immer vorbeikommen und wieder gehen. Einer hat mich gestern gepackt und mir den Arm verdreht, weil ich ihn geärgert habe. Ich wollte wissen, was in seiner Hosentasche ist.

Dumme Leute. Dumme Terrasse da oben, auf die wir nicht rauf dürfen.

Aber das mit der Terrasse ist eh egal, wenn die Flammen kommen. Die Terrasse wird genauso brennen wie das wellige Silber. Ein gelbes Haus wird brennen wie ein graues. Die ganze Wäsche auf allen Balkonen und auf den Terrassen wird brennen. Die Tücher und Hosen und Lätzchen für die Kleinen.

Die Tafeln, die ich nicht lesen kann, werden bren-

nen. Brennen werden die Läden, mit den ganzen Sachen drin, die ich nicht haben kann, weil ich ein zehnjähriger Junge bin, der nichts hat und dem auch nichts zusteht. Gar nichts. Mit dem jeder anstellen kann, was er will. Es wird aber egal sein, ob man ein Junge ist, der nichts hat, oder Śarana, der auf die Kinder achtet, oder ein Landlord, der auf nichts achtet, dem eine endlose Weite gehört und die Menschen, die auf dieser Weite wohnen.
Auch die Kuh auf dem Playground wird brennen. Sie kann nicht weglaufen, weil sie angebunden ist. Das Weglaufen würde ihr aber auch nichts bringen. Das Feuer wird brüllen, und die Schreie der Menschen werden klein sein dagegen. Erbärmlich.
Dann verstummen die Schreie. Die Wege werden Flammen sein. Und die Raubvögel, die sonst in der diesigen Luft über der Stadt schweben, gibt es nicht mehr, nein. Weg sind sie. Tot und weg.
So wird es kommen, wenn Shiva sein drittes Auge öffnet. Sein Auge, das oberhalb seiner beiden anderen Augen liegt, ungefähr dort, wo den Meschen an ganz besonderen Tagen mit einem Daumen die rote Tika-Segnung auf die Stirn gepresst wird.

Das dritte Auge von Shiva ist jetzt noch geschlossen. Wenn er es aufmacht, verglüht der Tag, und aus der Finsternis, die dann kommt, entsteht ein neuer

Morgen. So hat es mir mein großer Bruder erzählt. Er hat es mir erzählt, wenn er mich zum Spaß in dem Flechtkorb auf seinem Rücken über die Felder getragen hat. Der Flechtkorb war eng, und es hat weh getan, drin zu sein, an den Beinen. Weil sie gegen den Korb scheuerten. Aber es war schön, so schön.
Er hat es der ganzen Familie erzählt, obwohl es die Eltern schon wussten und sich nicht für seine Worte interessiert haben. Aber wir kleinen Geschwister schon. Wir waren begeistert. Das Mädchen, der Junge und ich. Das Mädchen war größer als ich, aber schwer von Begriff, und der Junge war klein. Ganz klein war er und schwach und hat immer gehustet. Ich glaube nicht, dass er überlebt hat.

Der große Bruder war schon fast erwachsen. Er ist zur Schule gegangen, eine Zeitlang. Aber dann haben sie ihn wieder auf den Feldern gebraucht. Der große Bruder hat abends von Shiva erzählt, wenn wir draußen auf der Holzveranda vor unserer Hütte saßen und Zuckerrohr geschält und gekaut haben und die Felder unter uns im Abendschein ganz friedlich aussahen. Und nicht an die Arbeit erinnerten, nicht an Schwielen und Blut. Er hat es drinnen im Wohnraum erzählt, wenn draußen nichts war, kein dunkles Grün der Hügel, keine Felder, kein Dorf, nur noch der Regen und wegfließende Farben. Und wir alle mitgeholfen haben, die bröckelnden Wände der Hütte zu flicken. Auch die Ziege ist dann drinnen im Wohnraum gelegen auf dem feuchten Erdboden. Sie hat auch gehört, was mein großer Bruder erzählt hat. Er war ein guter Erzähler. Manchmal höre ich seine Stimme noch. Aber selten. Leise. Manche seiner Worte habe ich in Erinnerung behalten. Zumindest bis jetzt. Zumindest das.

Shiva ist der Zerstörer, hat er gesagt. Vor dem sich sogar andere Götter fürchten. Shiva ist die Krankheit, die uns einmal die Schmerzen nimmt. Shiva ist der Tod, der uns einmal das Leben schenkt. Das hat er gesagt.

Ich habe es oft gesehen. Ich habe es oft in meinen Träumen gesehen, wie sich das dritte Auge öffnet. Langsam öffnet. Und die Flammen kommen.

Aber das Auge hat sich nicht geöffnet. Es hat sich nicht geöffnet, als mein großer Bruder weggegangen ist, um in einem anderen Land zu arbeiten, und uns Kleine allein gelassen hat, mit der Mutter und dem Vater. Der Vater hat kein drittes Auge gehabt hat. Kein drittes Auge, nein. Aber dafür hat er zwei starke Hände gehabt, die zerstören wollten. Und die Mutter hatte Hände, die immer fleißig sein mussten, um zu bewahren, was die Hände des Vaters

zerstören wollten. Aber die Hände vom Vater waren stark. Zu stark.
Shivas drittes Auge hat sich auch nicht geöffnet, als das Mädchen den Vater gefunden hat. Sie hat niemanden gerufen, nein. Sie hat nicht geweint. Sie hockte da und hat angefangen, mit einem Zweig ein Bild auf den Erdboden zu malen. Eine Landschaft mit einem Fluss. Eine Landschaft mit hohen Bergen. Aber keiner ihrer Berge konnte den Vater erreichen. Der Vater baumelte weit über den Bergen am Strick.

Shivas drittes Auge hat sich auch an dem Morgen nicht geöffnet, als die Frau kam, um uns drei Kinder in Augenschein zu nehmen.
Die Frau hat gesagt:
– Sie gefallen mir nicht besonders, aber sie werden sich schon machen. Sie werden sich noch eignen.
Die Mutter hat viele Scheine bekommen, und die Frau ist weggegangen.
Die Mutter hat gesagt:
– Ihr seid gute Kinder.
Das hat die Mutter vorher nie gesagt.
Sie hat gesagt:
– Ihr werdet es schön haben, in der Stadt.
Sie hat gesagt:
– Wenn ihr brav seid und gut arbeitet, werdet ihr auch zur Schule gehen können.

Das hat sie gesagt. Aber ihre Stimme klang dünn und gepresst. Und als ihre Hand durch meine Haare fuhr, hat es sich kalt angefühlt.

Die Mutter hat uns drei Bündel gepackt, und früh am nächsten Morgen ist die Frau wiedergekommen, und wir sind losgezogen. Der Bruder hat geweint. Das Mädchen und ich, wir haben nicht geweint. Wir sind stark geblieben. Als wir losgegangen sind, hat mir die Morgenkälte nach den Knöcheln gegriffen.
Die Frau ging hinter uns her und hat Kieselsteine nach uns geschmissen, wenn wir nicht schnell genug waren. Wir sind den Hügel runtergegangen und durch das Dorf, das im Morgendunst lag. Dann die lange Straße entlang, die die Berge hinaufführte und wieder hinunter ins nächste Dorf, wo wir vorher noch nie gewesen sind.
Dann sind wir weiter gegangen im stechenden Licht der höher steigenden Sonne von einem Dorf zum nächsten, die Frau hinter uns. Ein Schatten, der nicht antwortet, wenn man sagt: Ich habe Durst.
Die Sonne, die schneller war als wir, ist hinter den Hügeln verschwunden. Rötlich und violett hat die Luft über den Tälern geschimmert, und das Weiß der fernen Berge war weit weg, noch viel weiter als ein neuer Tag.

Wir sind wieder in ein Dorf gekommen. Das Dorf war so groß, dass es kein Dorf mehr war. Da waren Häuser, da war eine Straße, da waren Menschen. So viele von ihnen. Da war ein Baby, das ich beneidet habe, weil es sich volltrank an einer Brust im wehenden Staub. Da war ein Junge, den ich beneidet habe, weil er auf Stelzen ging und weite Schritte machte. Da war ein Mädchen, das einen Bündel Reisig getragen hat und das ich beneidet habe, weil ich sehen konnte, dass es seinen Weg kannte.
Da waren große Gefährte, die laut schnauften und bedrohlich wirkten. Da waren die Männer, die auf uns warteten.
Ich musste hinten aufsteigen auf ein Gefährt, wo auch Hühner und Gemüse aufgeladen waren. Meine Geschwister mussten auf andere Gefährte steigen. Ich habe sie nie wiedergesehen.

Misha oben im Haus wünscht sich, dass Kiran sie öfter mitspielen lässt bei Memorize oder dem Spiel, bei dem man die kleinen runden Taler über das viereckige Spielbrett schnippt. Sie hat ihn gern. Sie ist sehr still. Wenn Kiran sie anschaut, dann ist ihre Stille ganz tief. Ich weiß, Ramani wünscht sich die Klamotten des Mädchens in dem Heft, das die Nele-Sister von weither mitgebracht hat. Raj wünscht sich, dass Śarana ihn gern hat. Dass er ihn vielleicht zu

sich nach Hause holt, eines Tages. Und Shakti, ach die. Die wünscht sich, schön zu sein den ganzen Tag und herumzutanzen und den anderen Mädchen an den Haaren zu ziehen. Was Achanda sich wünscht, weiß ich nicht. Er wirkt immer ruhig und gefasst. Er spielt nicht so viel wie die anderen. Er schaut lieber zu. Oder er geht weg und streift langsam durch die Zimmer und draußen um das Haus herum. Manchmal schimmert es in seinen Augen wie von Tränen. Darum weiß ich, auch er wünscht sich was.
Ich selbst wünsche mir nur das eine. Ich schäme mich nicht dafür. Ich wünsche, dass es aufgeht, das dritte Auge. Das Auge, das nicht schimmert wie von Tränen. Das Auge, das die Wünsche vernichtet.

Achanda ist jetzt weg. Er hat mich allein gelassen beim Laden an der Ecke, mit den zwei schief grinsenden Frauen hinter der Theke. Es ist erst Morgen, aber der Tag ist schon erschöpft. Ganz erschöpft ist er von Licht, vom Flügelschlagen der Vögel. Von Abgasen in der Luft, von Füßen, die nach Nirgendwo laufen.
Eigentlich darf Achanda mich nicht allein lassen. Er hätte mich schon nicht mitnehmen dürfen. Das hat Housemouther verboten. Weil ich weggelaufen bin. Er hat mich aber mitgenommen, weil ich gebettelt und gebettelt habe. Und jetzt hat er mich allein gelassen, um diesen Mann zu treffen.

Es ist dumm von Achanda, mich allein zu lassen. Ich könnte wieder weglaufen. Vielleicht mache ich es auch.

Ich bin wütend auf Achanda, weil er mich allein lässt. Ich bin wütend, weil er größer ist als ich und weil er mit mir spricht, als wüsste ich nichts. Gar nichts. Als müsste er mich beschützen. Er muss mich aber nicht beschützen. Ich brauche ihn nicht. Kein bisschen. Er muss gar nicht so schlau tun, nur weil er länger hier ist. Sein Pech, wenn er länger hier ist. Dafür kann ich nichts. Trotzdem habe ich mich schnell zurechtgefunden. Trotzdem bin ihm damals fast entwischt. Ich sollte wieder weglaufen, ja.
Ich bin wütend auf Achanda, weil er einfach so zu dem Mann gehen kann und irgendwas von dem Mann kriegt. Ich weiß, dass er was kriegt, auch wenn ich nicht weiß, was es ist. Ich bekomme nichts von dem Mann. Wahrscheinlich kriegt Achanda Zigaretten von dem Mann. Ich habe gehört, sie haben Achanda schon ein paarmal beim Rauchen erwischt, und es hat Ärger gegeben. Ich mag Zigaretten nicht besonders. Aber der Mann hat bestimmt noch andere Sachen. Ich hätte was anderes kriegen können von dem Mann.

Da ist ein Huhn auf dem Pfad. Es stakst herum und pickt in die Erde. Es ist mager, das Huhn, und hässlich. Es schleift eine Plastiktüte mit sich herum, in der sich sein Bein verfangen hat. Ich stelle mir vor, das Huhn wäre Achanda, und ich trete nach dem Huhn – ganz schnell –, und ich erwische es ein bisschen und lache, und das Huhn gackert und flattert vor ein rotes Motorrad, das scharf bremst. Fast wäre es plattgewalzt worden, das Huhn. Das wäre schön gewesen: schmutzige Federn und Blut und das innere Zeug, alles zusammen in die Erde gestampft.
Eine Alte wackelt aus dem Schatten. Da steht sie, krumm mit Speckringen um den Bauch, die Sonne brennt auf sie herab. Sie hebt ihren sehnigen Arm und beschimpft mich. Ein bisschen nur. Es gibt Menschen, die haben keinen Atem mehr, um zu schimpfen.

Ich spüre das Geld in meiner Hand. Das Geld, das Achanda mir gegeben hat. Ich habe vergessen, was ich davon kaufen soll für Housemother. Das heißt, ich kann mich schon dran erinnern, wenn ich will. Aber ich will nicht. Es ist mir egal. Jetzt ist es mein Geld, ganz einfach, und ich kann damit machen, was ich will.
Ich werde mir was kaufen. Ich werde mir was kaufen, aber ich weiß nicht, was.

Das Glänzen der ganzen Sachen in den Läden ringsum blendet mich, die Bonbons in Gläsern, die Kekse in gelben Rollen, die Schüsseln, Ohrringe und Ketten. Der Geruch einer Garküche lässt mich schwindeln. Es riecht nach süßen, in Fett gebackenen Kringeln. Und nach Gemüse-Teigtaschen. Das Wasser läuft mir im Mund zusammen.
Das Geld reicht aber nicht für die Teigtaschen. Es reicht für fast nichts von den vielen Sachen.

Die Welt müsste leer sein. Das denke ich oft. Leer wie eine Wüste. Dann würde die Traurigkeit über die Weite streifen wie ein lebloser Wind und käme nirgends herein.
In meinen Ohren dröhnt das Hupen der Motorräder, die den Weg hochjagen. Ich sehe dunkel behandschuhte Hände, die das Geweih aus Metall umfassen. Die Leute springen zur Seite, und alles tost und schreit, und wenn alles schreit und man selbst nur eine kleine Stimme hat, um zu schreien, dann gibt es einen gar nicht mehr. Das Schlimme ist, dass es einen aber trotzdem noch gibt. Man ist immer noch da – irgendwo zwischen dem Schreien und dem Strömen von Farben.
Ein heißer Wind kommt wie ein Kreisel den Pfad entlang, und ich bin nicht mehr allein. Ich spüre es. Ich spüre die Augen, die auf mich gerichtet sind.

Das Mädchen ist wieder da. Auf einmal. Direkt vor mir steht es und blickt mich an. Die Augen des Mädchens sind groß. So groß sind sie und weit wie die ganze Welt und so dunkel wie der Saft des Tintenbaums, den die Mutter einmal getrunken hat, als sie ein Baby im Bauch hatte und es nicht kriegen wollte, das Baby.

Es ist das Mädchen aus dem Haus. Das Haus mit dem Keller, wo ich war, als ich abgehauen bin. Das Mädchen ist unten im Keller gewesen, weil da unten die Waschküche ist. Und weil das Mädchen da unten wohnt – in einem Raum, wo kein Tageslicht hinkommt. Das Mädchen arbeitet für eine Frau in dem Haus.

Das Haus liegt nicht weit weg von dort, wo wir Kinder wohnen. Aber es ist anders. Der Garten ist eine blühende Weite, die man nicht überschauen kann. Das Gras leuchtet sattgrün im Sonnenschein.

Da sind zwei Männer gewesen, die in dem Garten gearbeitet haben, tief hinuntergebeugt zum Boden. Ich habe mich in den Büschen an ihnen vorbeigeschlichen.

Ich habe ein Gerät gesehen, das von ganz allein Wasser auf den Rasen spritzt. So viel Wasser spritzt es, wie meine Geschwister und ich in Eimern niemals hätten schleppen können, von der Quelle am steilen Berghang zurück nach Hause.

In dem Haus, da hätten mehrere Familien Platz. Aber es wohnt nur die Frau drin. Die Frau und das Mädchen. Die Wände des Hauses sind so sauber, dass es in den Augen weh tut, wenn man draußen steht und hochsieht. Man kann sich dann gar nicht vorstellen, dass in dem Haus ein Keller ist, so dunkel und stickig. Und dass da ein Mädchen wohnt. Ganz allein.
Es ist richtig von mir gewesen, dass ich es ein bisschen kaputtgemacht habe, das Haus. Es ist richtig, dass ich den Stein genommen und das untere Fenster eingeschmissen habe.

Das Mädchen steht vor mir und sieht mich an. Ich kann alles an mir deutlich spüren, jetzt, wo das Mädchen mich ansieht. Ich kann das verfettete Haar spüren und wie es an meinem Kopf klebt, und die weiche, schmutzige Hose, die um meine Beine schlackert. Den fast verheilten Schnitt über dem Auge. Ich kann den Rotz spüren, der aus meiner Nase kriecht. Ich spüre das Braune unter meinen Fingernägeln. Meine Hand spüre ich und wie klein sie ist. Meine Hand mit dem Schein und der Münze drin. Jeden Fleck, jede Delle an mir. Alles spüre ich. Jetzt, wo das Mädchen mich anschaut.

– Du schon wieder.
Das sagt das Mädchen zu mir.
– Bist wohl wieder auf der Suche nach einem Versteck?
Ich sage:
– Nein.
Und weil ich sonst nichts sage, wendet es seinen Blick ab und geht langsam an mir und dem Huhn vorbei und ein paar Schritte den Pfad hinauf.

Das Sonnenlicht hat das Mädchen gern. Es schmiegt sich zärtlich an seinen Körper.
Ich sehe den Mann, der dem Mädchen entgegenkommt. Er trägt eine spitze Gasflasche auf dem Rücken, die mit einem Band um seine Stirn geschnallt ist. Er geht an dem Mädchen vorbei, ohne es zu bemerken. Seine Augen kennen das Schöne nicht.
– Warte!, rufe ich.
Ich hole das Mädchen ein.
Das Mädchen geht weiter. Es hat eine fleckige Kurta an, die zu lang ist. Man erkennt gleich, dass es ein Dienstmädchen ist, das nur zum Arbeiten da ist und für sonst gar nichts. Der Saum der Kurta ist aufgerissen. Das Mädchen muss achtgeben, nicht darüber zu stolpern, mit seinen Slippers.
Das Mädchen darf sich seine Klamotten nicht selber aussuchen. Es darf nicht schön sein. Aber die Kurta

kann so lang und fleckig sein, wie sie will. Es hilft nichts. Ich sehe das Mädchen trotzdem, das da drin steckt. Ja, ich sehe es.
Es setzt vorsichtig einen Fuß vor den anderen und schaut vor sich auf den Boden, der braun ist von Erde und manchmal ein bisschen grau von Steinen und den gefiederten Leibern der Tauben und hell gesprenkelt von der Sonne.

– Es ist besser, wenn du verschwindest, sagt das Mädchen. Wenn man uns zusammen sieht, kriege ich Ärger. Meine Maharani mag dich nicht. Überhaupt nicht. Sie hat gesagt, dass sie dich zerquetschen wird, wenn du's noch mal wagst, in die Nähe ihres Hauses zu kommen.
– Ist mir doch egal, sage ich. Ich bin viel schneller und wendiger als sie. Sie kann mir ruhig drohen. Letztes Mal hat sie mich auch nicht gekriegt. Nicht mal zu Gesicht bekommen hat sie mich.
Das Mädchen lacht.
– Nur weil ich dir geholfen habe.
– Pah, sage ich, und wenn schon.
Dann lacht das Mädchen nicht mehr. Nicht ein kleines bisschen. Es bleibt stehen, und seine Augen ziehen sich in ihr Dunkel zurück.
– Meine Maharani ist böse gewesen. Sie hat mich einen Tag und eine ganze Nacht und dann noch

einen Tag unten in den Raum gesperrt, wo der Abtritt ist.

Ich sage nichts darauf, und sie auch nicht.

Aber dann sage ich:

– Ich wollte nicht, dass das passiert. Ich kann nichts dafür.

Da kommt wieder Leben in das Gesicht des Mädchens und Lachen in die Augen:

– Ach, dummer Junge!

Wir gehen weiter, ich weiß nicht wohin, den wimmelnden Pfad hinauf.

Ich sehe das Mädchen. Während wir laufen, kann ich es ganz genau betrachten. Hier draußen in der Tageshelle. Noch nie habe ich es so klar und deutlich vor meinen Augen gehabt. Das Mädchen ist älter als ich. Vielleicht vierzehn oder fünfzehn. Sein Kopf sitzt viel höher als meiner. Trotzdem könnte ich dem Mädchen eine scheuern, wenn ich wollte. Dafür würde die Länge meines Arms ausreichen. Das ist gut zu wissen. Man sieht dem Gesicht an, dass es schon viele Hände herausgefordert hat. Herausgefordert, es anzufassen, ihm weh zu tun. Ich will dem Mädchen aber nicht weh tun. Nein, das will ich nicht.

Die Haut des Mädchens ist heller als meine, und seine Haare sind zu einem Zopf zusammengebunden. Feine Haarbüschel kräuseln sich im Nacken, und weich winden sich Strähnen um die Ohren. Es hat eine sehr breite Nase, das Mädchen, und wenn es lacht, dann entstehen Grübchen um den Mund, die man vermisst, wenn sie nicht mehr da sind.

Das Mädchen fragt mich, warum ich so allein durch die Gegend laufe.
Ich sage, dass ich heute Vormittag wieder unterwegs bin für diesen Mann. Diesen Mann, der sehr wichtig ist und in der ganzen Gegend bekannt. Den Mann, der gutes Geld bezahlt.
Ich sage:
– Es ist nicht so gefährlich diesmal. Darum brauche ich mich auch nicht zu verstecken.

Da sind wieder die Grübchen um den Mund des Mädchens, und ich schäme mich, weil das Mädchen denkt, dass die Geschichte, die ich ihm erzählt habe, nicht wahr ist. Ich weiß selber, dass die Geschichte nicht wahr ist. Aber sie könnte wahr sein. Ganz genau. Ja, das könnte sie, warum auch nicht?
Es ist nur ein Mädchen. Ein dummes Mädchen, das nichts weiß und in einem finsteren Loch wohnt.
Ich spüre, wie es heiß wird unter meiner Haut und wie mir das Blut in den Kopf schießt.
Ich bin zornig auf das Mädchen, und jetzt würde ich ihm am liebsten doch weh tun, so zornig bin ich. Ich

balle meine Hände zu Fäusten und versuche, sie ruhig zu halten, damit sie nichts machen. Dabei fühle ich wieder das Geld in der rechten Hand, die Münze und den Schein. Ich habe für kurze Zeit vergessen, dass ich das Geld bei mir habe. Jetzt will ich dem Mädchen das Geld zeigen und rufen: Siehst du, du Gans, das ist das Geld, das ich heute verdient habe, weil ich für diesen Mann arbeite. Für den Mann, der sagt, dass ich ein guter Junge bin. Ein sehr guter sogar. Ein Junge, den man überallhin schicken kann. Der alles prompt erledigt. Und kein bisschen Angst hat.

Ich lasse es aber doch bleiben und stecke das Geld zurück in meiner Hosentasche. Es ist zu wenig Geld, um es dem Mädchen zu zeigen. Es ist fast nichts.

Wir gehen weiter auf dem sandigen Weg. Das Licht der hoch stehenden Sonne fällt jetzt steil herunter. Ich sehe, wie aus einem der Rinnsale, die sich heute in der Früh gebildet haben, Dampf aufsteigt. Heute ist der Monat Baishak angebrochen. Und tagsüber ist die schwüle Luft vor dem Monsun manchmal wie ein Hammer.

Wir gehen an den Häusern entlang. Häuser mit rechteckigen Lücken für eine Tür, die nicht da ist. Wir gehen an Wänden aus Brettern entlang, an Dächern aus verbeultem Silber. An Reklametafeln, die

flüstern und flüstern in der Sprache, die ich nicht verstehen kann.
Wir kommen an einem Händler vorbei, der Bananen verkauft, auf seinem Fahrrad, das am Wegrand abgestellt ist. Ein schmieriger gelber Berg von Bananen ist das, unter dem das Fahrrad fast verschwindet.
Ein Mönch lehnt gegen eine schattige Mauer und späht mit zusammengekniffenen Augen in den Morgen. Mönch oder nicht, überall spähen sie, ob nicht vielleicht etwas abfällt. Ob nicht vielleicht einer einen Fehler macht, der für den anderen ein Vorteil ist. Auch die Tiere spähen. Und ich auch. Nur das Mädchen späht nicht. Sein Blick ist bescheiden auf die Füße gerichtet, so dass es nicht stolpert.

Ich sage zu dem Mädchen, dass ich dachte, dass sie nicht raus darf aus dem Haus.
Sie sagt, das stimmt, normalerweise darf sie auch nicht raus. Nur jetzt, weil die Ma'am Migräne hat. Sonst besorgt die Ma'am alles selbst. Sie will nicht, dass das Mädchen rausgeht und auf irgendwelche Gedanken kommt. Jetzt muss sie eine Ausnahme machen, die Ma'am. Denn sie will auch keinen der Männer losschicken, die für sie arbeiten. Weil die Männer keine Ahnung haben und nur das Falsche besorgen. Alles muss genauestens nach dem Willen der Ma'am gehen.

Das Mädchen hebt seinen Kopf ein wenig und blickt sich um. In den dunklen Augen taucht ein Schimmer auf.

– Es ist schön, draußen zu sein. Ich könnte die ganze Welt umarmen, jetzt, wo ich draußen bin. Sie ist ja die ganze Zeit da, die Welt. Aber ich, ich bin nicht da. Ich bin in dem Haus und kann sie mir höchstens aus dem Küchenfenster anschauen, wenn meine Maharani nicht aufpasst. Die Zeit verstreicht, und ich will vergessen, dass da eine Welt ist. Eines Tages habe ich sie vielleicht wirklich vergessen. Ich denke, da draußen vor den Fenstern sind Vorhänge. Bunte Vorhänge. Nichts weiter.

Das Mädchen bleibt stehen. Es bleibt stehen vor einem schmächtigen Haus. Durch die Tür, die nicht da ist, sehe ich einen schattigen Durchgang, und hinter dem Durchgang ist Helle, durch die der Staub wirbelt.

Das Mädchen sagt:

– Da muss ich hin.

– Ich komme mit, sage ich.

– Nein, du bleibst hier.

Das Mädchen geht durch die Tür, die nicht da ist. Ich sehe, wie es in dem schattigen Durchgang verschwindet und auf der anderen Seite wieder hinaus-

tritt in die Helle. Kurz warte ich ab, dann gehe ich ihm hinterher. Ich bleibe aber im Durchgang stehen. Es ist angenehm kühl hier. Niemand ist da, der mich wegscheucht. Ich lehne mich gegen die Wand und blicke nach draußen, dahin, wo das Mädchen ist.
Da draußen ist eine sandige Fläche, darauf ein paar Hütten mit verhängten Fenstern. Und Kinder sind da, die Dosen übereinanderstapeln. Schotter liegt unter einer Plastikplane, die vom Wind bewegt wird. Ein Hund ist da und noch ein zweiter, der fast kein Fell mehr hat und den ersten Hund von hinten besteigt. Er rackert und ackert, so dass seine Hinterbacken zittern.
Ich sehe, wie das Mädchen auf eine der Hütten zugeht. Die Hütte, die ganz links ist. Ich glaube, das Mädchen pocht ans Fenster. Hinter dem Fenster zeigt sich ein Gesicht, so faltig wie eine Vogelklaue. Und dann ist das Mädchen verschwunden. Im Inneren der Hütte.

Ich werde unruhig. Habe Angst, dass das Mädchen nicht mehr herauskommt. Dass ich es heute vielleicht nicht mehr sehe.

Aber dann kommt es wieder. Endlich. Endlich.
– Du bist ja immer noch da, sagt es.
Aber man sieht, dass es ihr ganz recht ist.

Wir gehen weiter, ich weiß nicht, wohin.

Ich sehe, das Mädchen trägt jetzt eine Plastiktüte bei sich, und da ist etwas drin, das in Zeitungspapier gewickelt ist.

– Was hast du geholt?, frage ich.

– Kräuter, beim Heiler. Daraus werde ich der Ma'am einen Tee machen, der gegen die Migräne hilft.

Ich frage, was das für ein Heiler ist und ob seine Augen nach hinten rollen, wenn er in die Zukunft schaut.

Plötzlich fällt ein Schatten auf den Weg. Er gehört dem Mann, der manchmal am Playground herumlungert. Der Mann, vor dem sich die Kinder im Haus fürchten, weil seine Augen blutunterlaufen sind. Weil der Alkohol aus seinen Poren kriecht. Weil er sie anschreit, manchmal.

– Was quasselst du, du blöder Junge?, sagt er.

Wir wollen aus seiner Reichweite kommen, aber er geht hinter uns her. Ich glaube, seine Finger tasten in der Luft nach den Haaren des Mädchens, und ich glaube, seine Augen trinken von dem Mädchen, wie seine Lippen sonst vom Schnaps trinken. Wir gehen schneller, aber der Mann bleibt uns auf den Fersen. Wir beginnen zu rennen, den Pfad hinunter. Wir rennen so schnell, dass uns der Mann mit seinem müden, gelben Leib nicht länger folgen kann.

Er bleibt stehen und ruft etwas, aber seine Stimme kommt nicht mehr weit.

Das Mädchen zieht seine Slipper aus, und wir klettern auf eine kleine Mauer. Von dort helfen wir uns gegenseitig auf ein niedriges, welliges Dach hinauf. Wir sitzen nebeneinander am Rand des Daches und lassen die Beine in der Luft baumeln. Blicken auf die Häuser und Pfade und Sackgassen, die zu einem See aus Dunst zusammenfließen, der keine Ufer hat.
Ich fühle die Berührung sanfter, warmer Hände an meinen Schultern und ich weiß, dass es das Glück ist. Ich bin jetzt glücklich, weil ich ein kleiner Junge bin und weil ich immer noch lebe. Und dass ich so wenig weiß über den See aus Dunst, der eine Stadt ist, ist gar nicht schlimm. Nein, jetzt nicht mehr. Es reicht zu wissen, dass er weit ist, so weit.
Das Mädchen sitzt ganz nah bei mir, mit der Plastiktüte im Schoß. Ich glaube, ich kann seinen Schweißgeruch riechen. Das Mädchen ist erleichtert, weil wir den Mann losgeworden sind.
Dann wird es fröhlich. So fröhlich, dass es die Tüte weglegt und sich aufrichtet auf dem Dach und vorsichtig auf dem gewellten Silber ein paar Tanzschritte macht.
Pong pong. Pong pong.
Ich sehe, sie hat große Füße für ein Mädchen, ja.

Sie kreist mit den Hüften, und sie kann ihre Arme bewegen, als wären es Schlangenkörper. Ich schaue das Mädchen an und kann die Musik spüren, zu der es tanzt. Über den diesigen See, der die Stadt ist, schweben die Klänge zu mir herüber.
Das Mädchen setzt sich wieder neben mich.
– Ich muss jetzt zurück zu meiner Maharani, sagt es.
Ich sehe, wie Schatten über ihr Gesicht fallen.

Ich schaue das Mädchen an, und in meinem Kopf spricht es: Da ist eine gewaltig große grüne Ebene, weit weg von hier. Da kommt das Mädchen her. Es ist von ihrer Familie hergegeben worden. So wie ich. An einem Neujahrstag, der aus den Nebeln aufstieg. Ich sehe die weißen Nebel und wie sie über den Fluss ziehen. Den Fluss, wo die Menschen frühmorgens die rituellen Waschungen machen, am Neujahrstag. Das Mädchen hat sich dort reingewaschen. Aber es wusste nicht, wofür. Es wusste nicht, dass es sich reinwusch für die Augen der Männer, die auf es warteten. Jetzt gehört es der Frau in dem Haus. Ich weiß ganz genau, was es dort zu tun hat. Ja, das weiß ich. Jeden Morgen um vier steht es auf, wenn die Frau ihr Bad nimmt. Es hilft der Frau beim Ankleiden. Es macht der Frau das Frühstück. Es hält das große Haus sauber. Das Mädchen hilft auch in dem großen Garten. Es kümmert sich um das Beet, in dem die Kräuter wachsen, die die Frau für ihre Schönheit braucht. Das Mädchen massiert die Frau, jeden Tag. Es reibt ihre nackte Haut mit Kokosöl ein. Das Mädchen macht die Wäsche und bereitet das Essen zu, Gemüse und Linsensoße. Und zwei Sorten Reis. Den guten weißen Reis mit großen Körnern, der ist für die Frau. Der graue, mit graupeligen Körnern, der ist für das Mädchen. Die Frau sitzt am langen, dunkel schimmernden Tisch, wenn sie isst. Das Mädchen sitzt auf dem Küchenboden. Die Frau kommt aus einer einflussreichen Familie. Das Mädchen aus einer Familie von Bauern, die sich nicht selber gehören. Die Frau hat viel Geld. Das Mädchen hat nichts, nichts.

Doch, denke ich auf einmal. Das Mädchen hat etwas: mich.
Und noch etwas hat das Mädchen: einen Namen.
Es heißt Kalpana.
Ich spreche Namen nicht gern aus. Ich spreche sie nicht gern aus, weil alles, was einen Namen hat, schnell stirbt und tot ist und fort. Das habe ich gelernt. Nur, was keinen Namen hat, überlebt.
Jetzt spreche ich den Namen des Mädchens trotzdem aus. Zum ersten Mal. Ich spreche ihn aus, weil der Drang danach so groß ist. Weil ich nicht anders

kann. Weil der Name plötzlich meinen ganzen Körper ausfüllt.
– Kalpana, sage ich, und dann noch mal:
– Kalpana.
Das Mädchen scheint mich nicht mehr wahrzunehmen hinter den Schatten, die über sein Gesicht gefallen sind. Ich sage nichts mehr.

Aber zu mir selber sage ich etwas. Ich sage es immer wieder. Ich sage es, obwohl das Mädchen schon weg ist, verschwunden … zurückgegangen zu seiner Maharani. Und ich allein bin auf den Gassen. Zu mir selber sage ich: Ich werde ihr helfen. Ich werde ihr helfen.

Mit hängender Zunge, den Körper tief gebeugt, schleicht er die gewundenen Pfade hinauf.
Er geht die Wege nicht mehr, er stirbt sie. Einen nach dem anderen.
Die Mittagssonne brennt auf sein räudiges Fell, und ihr Licht dringt in seine verschleierten, fast blinden Augen. Ein Geruch liegt über ihm, so dezent, dass er auffällig ist. Er begleitet ihn schon seit geraumer Zeit. Wie der letzte Hauch einer Mahlzeit, die verzehrt wurde. Als wäre sein Wesen längst übergetreten in ein anderes Reich und seine zerfetzte Erscheinung das Einzige, was in dieser Welt noch übrig ist.
Der Hunger macht ihn nicht unruhig. Der Hunger treibt ihn nicht mehr in die Hügel. Er durchforstet die Müllreste entlang der Pfade schon lange nicht mehr, getrieben vom Instinkt des Überlebens.
Es zieht ihn zu der Stelle, an der er die Kraft zum ersten Mal gespürt hat. Die gewaltige Kraft aus der Tiefe:

anders als alles, was er in seinem zornigen, keifenden Hundeleben jemals wahrgenommen hat. Eine Kraft, die in seine alten Knochen fuhr und die Schwäche aus seinem Körper trieb. Für einen Moment war er wieder der junge Hund, der ohne Mühe sein Stück Fleisch aus dem Tag reißt, der bei Dunkelheit sein Geheul hören lässt.

Er tritt langsam auf, vorsichtig, jede Berührung seiner rissigen Pfoten mit dem Boden schmerzt. Und doch sind alle Sinne aufmerksam auf den Grund gerichtet. Auf die Erdmassen unter ihm. Endlich erreicht er die Stelle und legt sich nieder. Wartet. Stunde um Stunde wartet er. Auf die gewaltige Kraft aus der Tiefe. Vergeblich.

SHAKTI

Sein Gesicht ist weiß wie Ziegenmilch. So wie die Gesichter in dem Heft, das in meiner Tüte ist, unter dem Bett. Das Heft, das ich gestohlen habe. Das zerrissen ist, als Ramani es mir wegnehmen wollte, mit ihren krummen Fingern. Wie in dem Heft ist sein Gesicht, aber ich weiß nicht, ob es die Gesichter im Heft wirklich gibt. Sein Gesicht gibt es, und es ist ganz nah, auch wenn ich es nicht anfassen darf.

Ich stelle mir vor, dass seine Mutter ihn im Mondlicht gebadet hat, als er noch ein Baby war, und wie das Mondlicht in seinen kleinen Körper eingedrungen ist und seine Haut bis heute so hell leuchten lässt.
Da war eine Frau in unserem Dorf, die hat ihr Baby auch im Mondlicht gebadet. Aber es hat nichts genutzt. Das Mondlicht macht nicht alles schön, was es berührt. Nicht alles heil. Davon wollte die Frau nichts wissen. Das Baby der Frau war hässlich. Es blieb

hässlich, nachdem es im Mondlicht gebadet wurde, und es hat nicht lange gedauert, dann hat es Fieber bekommen und ein Gesicht, das kein Gesicht mehr war. Dann war das Baby tot. Vielleicht hat der Mond mehr Kraft in dem Land, aus dem er kommt.

In seinen Augen leuchtet das Blau. Ich stelle mir vor, dass sein Vater ihn auf einen Hügel hinaufgetragen hat, als er noch klein war, den Himmel zu sehen, damit das Blau in seine Augen fällt. Der Himmel ist weiter dort, wo der Brother herkommt. Und die Luft klar, nicht verschleiert von Dunst und Abgasen wie hier. Da kann das Blau leichter in die Augen fallen.

Das Blau verschließt sich für ein paar Herzschläge lang, wenn sich der Brother die Augen reibt. Dann scheint es wieder auf. Ganz plötzlich.

Er reibt sich oft die Augen. Wahrscheinlich schläft er nicht gut, seit er in Kathmandu ist. Vielleicht liegt er nachts in Śaranas Haus und träumt von seinem Zuhause.

Der Brother kommt von dort, wo fast alle Brothers und Sisters herkommen, die das Recovery Home besuchen, um für uns da zu sein … eine Zeitlang.

Ein paar Tage.

Wochen.

Aus der Mitte des riesigen und mächtigen Landes kommt er, das Europa heißt. Zu dem Śarana gute Beziehungen geknüpft hat. Und von dem er immer wieder Hilfe erbittet.
Ich weiß, das Zuhause vom Brother liegt viel weiter entfernt als meins. Aber ich weiß auch, dass er viel schneller zu Hause ist als ich, wenn er will. Einfach so. Mit einem der Flugzeuge, die man hier oft hört und die ohne Mühe über den Dunst klettern. Er braucht nicht schlecht zu träumen. Sein Zuhause ist nah.

Der Brother hat Wangen, die von den gesunden Speisen künden, die er regelmäßig in seinem Zuhause gegessen hat.
Der Brother hat einen Hut mit einer breiten Krempe und einer Feder dran. Ich habe so einen Hut schon mal im Fernsehen gesehen. So einen Hut trägt ein Mann, der auf Pferden reitet. Der Brother reitet aber nicht auf Pferden, hat er gesagt. Er trägt den Hut einfach so. Zum Spaß. Das gefällt mir. Man kann wohl vieles einfach so tun, in dem Land, aus dem der Brother kommt. In Nepal ist es anders. Besonders, wenn man ein Mädchen ist.
Wenn der Brother den Hut abnimmt, sehe ich, dass seine Haare voller Unruhe sind wie das zerraufte Fell eines Rhesusaffen. Sie sind aber nicht so schmutzig wie die Haare von Affen und die Haare der nepale-

sischen Männer. In seinem Bart hängt kein einziger Krümel.

Seine Lippen sehen nicht aus, als könnten sie barsche Worte sprechen.
Ich habe viele Männer barsche Worte sprechen hören.
Ich kenne Männer. Ich kenne ihre Münder.
Ich habe ihre aufgerissenen Münder gesehen, speicheltriefende Münder, verzerrte. Münder, die sich über mich stülpen. Die die Erinnerung auslöschen, dass da ein Körper ist, der einem Mädchen namens Shakti gehört, ihr ganz allein.
So oft habe ich mir gewünscht, die Münder mögen mich verschonen.
Bei ihm ist es anders.
Ich sehe seine Lippen und will nicht, dass sie mich verschonen. Das genau will ich nicht. Ich kann nicht aufhören, mir vorzustellen, sie würden hart und unnachgiebig gegen mich sprechen. Sie würden sich auf mich senken. Und meine Schläfen fangen an zu pochen. In meinen Fingern juckt es, nach etwas zu tasten, das nicht zu betasten ist.

Das Staunen wohnt in ihm. Es verlässt den Brother nicht, obwohl er jetzt schon einige Male hier gewesen ist.

Der Brother staunt, als wäre er noch nie in so einem Zimmer gewesen.
Als wäre das was Besonderes: das Zimmer mit ein paar Kindern drin.
Das Zimmer mit der blassgelben Wand, auf der Tiere sind.
Ein Elefant, eine Giraffe. Ein Klecks, der eine Wasserstelle ist. Und eine Sonne, die regungslos ist, nie höher steigt, nie untergeht. Das Zimmer mit dem Fernseher, den wir manchmal einschalten dürfen. Wenn es Strom gibt.
Mit der Göttin Lakshmi über der Tür, die auf uns achtgeben soll, es aber trotzdem vergisst.
Ein Zimmer, das feucht riecht. Nach Achselhöhlen und Stinkefüßen und Furzen.
Ich kann gut furzen. Ich kann einen Furz leise kommen lassen oder laut. Sehr laut. Sogar Housemother lacht, wenn ich laut furze.
Wenn es leise ist, dann stinkt es mehr, und es kommt ein bisschen nass aus dem Hintern. Ich mag das, wenn es nass aus dem Hintern kommt und es keiner weiß.

Tarun und der Brother kauern auf dem Boden. Tarun hat den Hut vom Brother auf. Tarun muss sich zusammennehmen. Tarun muss brav sein. Er ist einfach mit Achanda weggegangen, um Sachen zu

kaufen, obwohl es ihm niemand erlaubt hat. Dann ist er wieder verschwunden gewesen, und Achanda musste ihn suchen. Die Sachen haben sie nicht gekauft. Es hat Ärger gegeben.
Wenn Śarana, der gute Mann, wiederkommt, wird es noch mal Ärger geben. Śaranas Körper ist zierlich, aber wenn er wütend ist, wird er groß. Ganz groß wird er, und die Augen in seinem Gesicht werden feurig. Nein, eigentlich nicht feurig. Eher traurig. Enttäuscht. Śarana kann nicht verstehen, warum wir ihm Kummer machen. Nele-Sister hat aber gesagt, dass Śarana heute nicht kommt. Er kommt erst später wieder. Vielleicht morgen. Übermorgen.

Śarana hat immer viel zu tun. Śarana fährt mit seinem Motorrad herum. Durch enge Gassen fährt er, vorbei an Häusern, die schwer sind vor Sonne und Traurigkeit. Vorbei an dem Rikschaläufer mit Beinen dünn wie Niembaum-Zweige. Vorbei an der heiligen Kuh, auf die er achtgeben muss. Vorbei an dem Bus, mit dem Dach, das schwarz vor Menschen ist, die achtgeben müssen, nicht herunterzufallen. Vorbei an den Bläsern, die den Hochzeitszug vor sich her tanzen lassen. An Werkstätten, wo Steinmetzklopfen zu hören ist. Vorbei an dunklen Augen. An Fingern, die hundertundacht Tulsiholzperlen der Gebetskette abtasten. Vorbei an dem Polizisten mit dem Schlagstock

und seiner einsamen Pfeife. Vorbei an kleinen Feuern, die ganz für sich allein vom Müll fressen …
Durch Aufruhr, Streik, Tumult fährt er. Mitten hinein in das Stimmengewirr und in die buntgewürfelten, giftverseuchten Duftströme der Stadt.

Das Motorrad springt in Schlaglöcher und wieder hinaus. Śarana fährt zu dem Haus, in dem die Mädchen sind. Die Mädchen, die Śaranas Ehefrau beaufsichtigt und die Nähen lernen, damit sie etwas Sinnvolles tun und eines Tages vielleicht für sich selbst sorgen können. Er sieht nach, ob sie etwas brauchen. Er fragt, wie es ihnen geht. Ich will auch nähen lernen. Aber Śarana hat es noch nicht erlaubt. Śarana sagt, ich brauche noch etwas Zeit, um mich zu erholen.

Śarana fährt weiter und kauft Orangensaft für die Babys und Winzlinge, die tagsüber unten in seinem Privathaus unterkommen dürfen, während ihre Mütter Zementkiepen, die gestrichen voll sind, über den Bauschutt tragen. Mit einem Riemen, der um ihre Stirn geschnallt ist.
Śarana fährt und feilscht mit dem Händler und kommt dann zurück zu uns ins Recovery Home. Bringt die dicke, bauchige Gasflasche vorbei, damit wir kochen können.

Viele Hände strecken sich nach Śarana aus. Kleine Hände. Hände von Kindern. Hände, die Hilfe brauchen. Aber auch Hände, die ihm nicht wohlgesonnen sind, die darauf aus sind, ihm weh zu tun. Viele Menschen heißen nicht gut, was Śarana tut.

Śarana fährt auch hinaus aus Kathmandu, weit in das Tal hinein und bis zu den Hügeln, die das Tal abgrenzen. Er fährt die baumgefiederten, gezackten Kämme hinauf, in der Luft, die nach Obstsaft und Gras und Knospen riecht und die Kühle von Gebirgsschnee hat. Bis in die Dörfer fährt er, mit ihren zusammengekauerten Hütten aus Lehm. Er spricht mit den Eltern. Sagt ihnen, dass sie ihre Kleinen nicht hergeben sollen. Auf keinen Fall. Egal, was man ihnen anbietet. Dass es nicht stimmt, wenn es heißt, die Kinder werden es gut haben. Śarana will uns zurückbringen zu den Eltern. Obwohl es schwer ist. Schwer, die Eltern ausfindig zu machen. Schwer, weil die Eltern die Kinder nicht immer zurückholen wollen. Zwei Mädchen, die hier im Haus gewesen sind, sind zu den Eltern zurückgekommen. Ich habe es erlebt. Ich habe erlebt, wie sie morgens aufbrachen. Sie waren sauber. Ganz sauber waren sie, und ihre Haare waren schön zurechtgemacht. So schön und sauber waren sie, wie sie hier im Haus nie gewesen sind. Ich kann auch zurück. Eines Tages. Be-

stimmt, hat Śarana gesagt. Ich weiß nicht, ob ich mir das vorstellen darf. Und ich weiß nicht, ob ich es mir wünschen soll.
Seit zwei Wochen ist der Brother da. Fast jeden Tag kommt er.
Jetzt ist der Brother da. Da kann man sich nicht fortwünschen.

Ich sollte nicht bloß Brother zu ihm sagen. Ich sollte auch noch seinen richtigen Namen nennen. Aber er hat einen langen, komplizierten Vornamen, den wir Kinder nicht aussprechen wollen. Drum sagen wir alle einfach Brother.
Bei Nele-Sister ist es anders. Ihr Vorname ist einfach und kurz. Wir können ohne Probleme »Nele« sagen. Meistens sagen wir Nele-Sister. Das ist höflicher.
Aber ich spreche das Wort »Brother« sowieso nicht aus wie die anderen. Nicht schrill. Nicht blubbernd wie kochendes Reiswasser. Ich spreche es weicher aus als die anderen. Zärtlicher.
Ich hoffe, dass er es merkt.

Taruns kleiner Kopf verschwindet fast unter dem Hut vom Brother. Housemother hat gesagt, wir sollen den Hut vom Brother nicht aufsetzen. Weil wir Läuse haben. Aber der Brother weiß nichts davon. Oder es kümmert ihn nicht. Er und Tarun neigen sich über das viereckige Spielfeld, das genauso flach ist wie der Boden, auf dem es liegt, mit der schützenden Umrandung aus Holz. Der Brother ist dran. Mit seinem Zeigefinger schnippt er einen kleinen kreisrunden Taler über die staubige Fläche. Er hat einen anderen Taler getroffen, der in einem der vier Löcher in den Ecken des Spielfelds landet. Das gibt Punkte. Der Brother reißt die Arme in die Luft. Der Brother stahlt.

Der Brother gehört nicht zu uns. Der Brother wird fortgehen. Wie die anderen auch. Er wird herkommen. Ein paar Tage noch. Ein paar Wochen. Und lächeln. Und mit uns spielen. Und dann wird er weg sein, für immer. Das weißt du.
Die Worte sind in meinem Kopf. Es sind Achandas Worte. Sie geben keine Ruhe. Ich schaue auf den Brother mit Achandas Worten in meinem Kopf und spüre, wie das Licht aus den Augen vom Brother schwindet. Ganz langsam.

Ich fühle wieder das Wasser, das über meinen Körper rinnt. Ich habe mich heute gewaschen. In der Morgenfrühe. Im Verschlag hinter dem Haus.
Ich mag die Frühe. Wenn es noch sehr kalt ist. Wenn die Nacht überstanden ist. Und die kleinen Feuer ringsum in der Gegend verraucht sind. Und die

Hunde sich müde gebellt haben. Und kein Streunen mehr ist in der Schwärze vor den Fenstern. Kein Sich-Herumwälzen der Kinderleiber. Kein Zähneknirschen. Kein flatternder säuerlicher Atem.
Ich gehe hinaus.
Und ich atme. In der diesigen Luft des neuen Tags. Und weiß, dass es mich gibt, immer noch. Und gehe den schmalen Weg entlang in den kleinen Garten hinter dem Haus zu dem Verschlag, der ganz im Schatten liegt. Streife meine Slipper ab. Denn auch in einen Verschlag sehen die Götter, sagt Housemother. Ich gehe hinein. Ich ziehe meine Klamotten aus. Den Anorak, den ich über Nacht anbehalten habe, weil es sonst zu kalt ist. Meine Mütze. Den Schal. Die dünne Hose. Bis ich nichts mehr anhabe und im fahlen Licht das dunkle Gekräusel zwischen den Beinen sehe und meine plumpen Füße, die ich nicht mag. Und nur noch Gänsehaut bin. Mit der Kelle schöpfe ich das kalte Wasser aus dem Eimer. Housemouther hat es nicht gern, wenn wir uns oft waschen. Das Wasser ist knapp. Heute ist mir das egal. Ich lasse das Wasser über mich fließen. Viel Wasser. Ich spüre, wie es über meine Haut rinnt, über Mulden, Wölbungen, blaue Flecken. Über meine Haare, bis sie am Gesicht kleben und sich ganz schwer und vollgesogen anfühlen, am Rücken. Ich mache die Augen zu und stelle mir vor, das Was-

ser wäre meine Heimat. Ich stelle mir vor, ich bin ein Delfin, der durch das Blau gleitet. Das mache ich oft. Ich liebe Delfine. Auch, wenn ich nicht weiß, wie ein Delfin wirklich aussieht. Ich habe nie einen gesehen. Ich werde es auch nie. Darum muss ich selber ein Delfin sein.
Wie heißt ein weiblicher Delfin? Jetzt heißt er Shakti.

Dann habe ich gemerkt, dass mein Schatten da ist. Schon wieder. Dass mein Schatten vor dem Verschlag ist und wartet. Geduldig und ohne einen Mucks. Wartet, auf mich. Ich habe ihn nicht gesehen. Er hat nichts gesagt. Trotzdem wusste ich, dass er da ist. Ich habe ihn gespürt, vor der klapprigen dünnen Tür. Mein Schatten, Achanda.

Vielleicht ist er in der Nacht wieder draußen gewesen. Hat sich auf den kalten Steinboden vor dem Haus gesetzt und in den Himmel über Budalikante geblickt, der sich weitet und weitet. Ein Heer aus Sternen, die aussehen, als würden sie zur Erde hinabtauchen, so schnell kommen sie näher.
Achanda wird manchmal unruhig nachts und hält es nicht aus. Er muss raus. Er ist der Einzige von uns, der das darf.
Śarana, der gute Mann, hat es ihm erlaubt. Achanda

darf Housemother wecken und den Schlüssel holen. Dann geht er raus, und die kalte Nachtluft rasiert ihm die Wangen. Es geht ihm dort besser, glaube ich. Zumindest ein bisschen.

Ich reibe mich trocken, wickle das Handtuch um meine Haare. Ich schlüpfe in meine Sachen, Schicht um Schicht. Ich lasse mir Zeit. Ich weiß, er wartet. Ich komme aus dem Verschlag – und da ist Achanda. Und sein Lächeln ist da. Er lächelt mit seinen Lippen, als wären sie nicht blass und rissig und traurig. Er lächelt mit seinen Augen, als wären sie nicht dunkel. Achanda lächelt oft. Fast immer. Es ist ein Lächeln, das man sich wünscht, wenn man etwas Böses getan hat. Ein Lächeln, das verzeiht. Vielleicht sogar das, was nicht zu verzeihen ist.

Er steht da in einer Pforte aus Licht, die die frühe Sonne im Schatten des Gartens geöffnet hat. Er schaut zu mir rüber. Wie fast jeden Tag hat er das Hemd an, das ein Brother vor längerer Zeit dagelassen hat. Ein Brother, den ich nicht kennengelernt habe. Die Ärmel sind hochgekrempelt. Ich mag das Hemd nicht, weil es seine Haut noch dunkler macht, als sie eh schon ist. Seine Hände sind hinter dem Rücken verborgen. Er hat die Fusselhose an und ist barfuß. Ich tue so, als würde ich ihn nicht

bemerken. Als würde ich nicht merken, dass er da ist und zu mir rüberschaut, seine Hände hinter dem Rücken. Und seine schmutzigen Zehen, die nervös über die Erde streichen.
Aber ich sehe ihn.
Und ich denke, dass ich zornig bin.
Weil er jede Gelegenheit nutzt, um mir nah zu sein.
Weil er mich nicht aus dem Blick lässt.
Es ist seltsam. Ich *denke*, dass ich zornig bin. Aber fühle es nicht. Ich fühle etwas anderes. Ich fühle, ich bin sehr schön in seinen Augen. Nur das fühle ich.

Die anderen Kinder mögen Achanda. Besonders die Jungs. Sie mögen ihn, weil er der Älteste ist und am längsten hier. Sie mögen ihn, weil er nicht herumschreit. Weil eine stille Kraft von ihm ausgeht. Weil er sich ein bisschen um die anderen kümmert. Zum Beispiel um Tarun, der erst seit ein paar Tagen hier ist.
Manchmal ist Achanda weg, und keiner weiß, wo er sich herumtreibt. Und dann ist er wieder da und lächelt, als wäre er nie weg gewesen. Er raucht Zigaretten und wurde schon ein paarmal erwischt. Dann gibt es Ärger, weil Achanda unser Vorbild sein soll. Hinterher bemüht sich Achanda immer besonders um die anderen und zeigt sich reumütig. Ob er wirklich reumütig ist, das weiß man aber nicht.

Ich will den Pfad entlanggehen, zurück zum Haus, aber Achanda macht schnelle Schritte und schneidet mir den Weg ab. Er steht vor mir, und ich kann nicht vorbei.
– Hau schon ab, sage ich.
Er haut nicht ab. Er bleibt stehen. Er lächelt. Behutsam zieht er die Hände hinter seinem Rücken hervor und sagt:
– Für dich.
Er hält etwas in den Händen. Zuerst erkenne ich nicht, was es ist.
Aber dann sehe ich: Es ist eine Blume.
Keine richtige Blume, sondern eine, die er aus einem Papiertaschentuch geformt hat. Sie hat eine große Blüte.
Ich habe schon früher beobachtet, dass er so was macht. Er ist geschickt mit den Händen.

Ich schaue auf die Blüte. Obwohl sie aus weißem Papier ist, kann ich ihre satte Farbigkeit sehen. Sie erinnert mich an die gelben Kürbisblüten, die sich jeden Morgen den ersten Sonnenstrahlen geöffnet haben, und sich abends, wenn die Schatten die Hügel heraufzogen, wieder schlossen. In dem Dorf. Dem Dorf, das einmal mein Zuhause war.
Ich schaue auf die Blüte und erinnere mich. Meine Erinnerung ist auf einmal voller Farben. Ich habe

oft gesehen, wie die Blüten sich morgens öffneten. Ich habe es gesehen, wenn alle meine Aufgaben erledigt waren. Wenn der Mann seinen Tee hatte. Der Mann, den ich ehren musste wie den Vater. Obwohl er nicht der Vater war. Der Vater war schon gestorben.
Ich habe gesehen, wie sich die Blüten öffneten, wenn das Herdfeuer geschürt war. Und ich nicht zu lange saß, während mir Ama die Haare geflochten hat. Ich konnte sehen, wie sie sich abends schlossen, wenn ich mit meiner Freundin von den Reisterrassen in unser kleines Dorf zurückgekommen bin und das Violett auf die Strohdächer und die wenigen Dächer aus Blech sank.
Wir haben so getan, als wären wir Schwestern. Taten wie zwei Schwestern, die schon alle Geheimnisse der Dämmerung kannten und über jeden die Nase rümpften.
Ich schaue auf die Blüte und spüre, wie der Name sich regt und auf meine Zunge will.
Ich schaue auf Achandas Blüte aus Papier. Sie ist geöffnet. Sie wird sich nicht schließen, wenn die Schatten kommen.

– Gefällt sie dir?, fragt Achanda.
Er sieht mich erwartungsvoll an, und mein Herz pocht hart und dumpf. Ich will nicht, dass er da ist

und mich so ansieht. Ich will nicht, dass er mir eine Blume schenkt.
Aber mein Herz pocht. Es ist ihm egal, was ich will.
– Du hättest dir mehr Mühe geben sollen, sage ich.
Es kränkt ihn nicht. Er bleibt ganz ruhig. Sein Lächeln ist noch da. Immer noch da.
– Das ist nur ein Anfang, sagt er.
– Was heißt das?, frage ich.
Achanda sagt, dass er mir etwas anvertrauen will. Etwas, das sonst niemand weiß.
– Bald habe ich ein Motorrad, sagt er. Bald habe ich das Geld zusammen.
Ich höre, was er sagt. Ich höre es, aber ich will es nicht hören. Seine Stimme klingt dringlich. Ich denke, es ist wie damals – als die Männer mit mir geredet haben. Als sie gesagt haben, dass mein Haar so schön wie ein Geheimnis ist und sie von meinen Lippen trinken müssen. Jetzt und sofort. Trinken, weil sie sonst sterben. Sie sind aber nicht gestorben. Nein, nie. Sie sind immer wieder gekommen. Und haben getrunken. Ihre Worte waren da, aber ich habe sie nicht in mich hineingelassen.
– Ein Motorrad, sagt Achanda noch einmal.
Er sagt es sehr ernst und so, als wüsste ich nicht, was das ist: ein Motorrad. Mit dem man wegfahren kann.

Ich bin nicht bei den Männern. Es ist nicht einer der Männer, der mit mir redet. Sondern Achanda.
Ein Motorrad, klingt es in mir. Ein Motorrad. Und es klingt so leise, wie alle Wünsche klingen.
– Wenn du willst, können wir zusammen wegfahren, sagt er.
Er fragt, ob ich mir das vorstellen kann. Wegfahren. Zusammen.
Achanda ist höflich, immer höflich. Ob ich es mir vorstellen kann.
Es ist nicht gut, dass er so höflich ist. Was hat er davon? Nichts.
Und ich auch nicht.
– Was wird Śarana sagen?, frage ich.
– Śarana wird es nicht mitkriegen. Niemand wird es mitkriegen. Nur wir beide wissen es. Es ist ein Geheimnis. Das Motorrad wird uns fortbringen. Ich weiß wohin. Ich weiß es schon lange.

Ein Motorrad.
Ein Motorrad, das davonfährt.
Einfach so.
Auf und davon.
Ein Motorrad ist teuer, denke ich. Unbezahlbar teuer, denke ich. Das kriegt man nicht geschenkt. Erst recht kein Junge wie Achanda. Ein Junge, der nichts hat – bis auf die Kette an seinem linken Handgelenk.

Die Kette, die er aus dem Hotel gestohlen hat, in dem man ihn arbeiten ließ. Bis auf schrundige Füße, mit denen er ein bisschen herumlaufen kann. Aber nicht weit. Achandas Familie hat ihn fortgeschickt, schon vor vielen Jahren. Seine Familie wusste, dass ein Junge, der bleibt, nichts einbringt. Die Hände eines Jungen sind klein, aber sein Mund ist groß. Will gefüttert werden. Schickt man ihn fort, dann bringen kleine Hände sehr wohl etwas ein. Und in die gierige, kleine Öffnung des Mundes muss man nicht mehr schauen. Sie ist verschwunden. Weit fort hat man Achanda geschickt, wo es anders ist als hier. Wo sie eine fremde Sprache sprechen.
Achanda hat Glück, dass sich seine Brust immer noch hebt und senkt, hebt und senkt. Glück, hier in dem Haus gelandet zu sein, mit den anderen Kindern, die auch nichts sind und nichts haben bis auf ein wenig Atem.
Was muss ein Junge wie Achanda tun, um ein Motorrad zu kriegen? Es kann nichts Gutes sein. Überhaupt nichts Gutes.
Achanda. Der nette Achanda. Der nette Achanda, der vielleicht überhaupt nicht nett ist.

– Woher kommt das Geld?, frage ich. Woher hast du es?
– Ich erzähl's dir, wenn es so weit ist, sagt Achanda.

– Nicht jetzt, sagt Achanda. Das wäre nicht gut. Aber bald. Bald. Versprich mir nur, dass du es niemandem sagst, ja? Nicht Śarana, nicht Housemouther und erst recht nicht den Kindern. Dann können wir fahren, wir beide. Du und ich.

Ich weiß nicht, was ich denken soll. Ich sage nichts. Ich schaue auf die Blüte in meiner Hand. Dann schaue ich wieder auf ihn. Er sieht traurig aus, und ich weiß nicht, ob er traurig ist, weil ich nicht sage, wie sehr ich mich freue, sondern still bin. Ob er traurig ist, weil *bald* nicht *jetzt* ist. Oder weil die Geschichte mit dem Motorrad einfach nicht wahr ist. Weil er sie erfunden hat und wir nirgendwohin fahren werden.

Jetzt ist doch Zorn in mir. Wie ein heißes Strömen unter der Haut. Ich bin zornig, weil ich hier stehe. Weil ich ihm überhaupt zugehört habe.
Ich versuche ein Gesicht zu machen, das verschlossen ist wie eine Faust.
Ich sage:
– Bist du sicher, dass es überhaupt ein Motorrad ist und kein klappriges Fahrrad? Außerdem weiß ich nicht, ob ich Lust habe, mit dir zu fahren.

Die Sonne ist ganz übers Haus geklettert, und im Garten fängt es vor Licht und Farben zu flirren an. Aber die Blume in meiner Hand ist auf einmal nur noch weiß. Weiß ist sie und klein. Ich überlege kurz, ob ich ihm die Blume zurückgeben soll. Aber dann entscheide ich mich dagegen. Ich beschließe, sie aber gleich in meine Tüte zu tun, unter dem Bett. Bevor sie jemand sehen kann.
Ich drücke mich an ihm vorbei. Ich lasse ihn stehen. Ich gehe auf das Haus zu. Vorbei an den Leinen, die schwer voll Wäsche hängen, vorbei an der Hintertür und dem zersprungenen Fenster, wo man einen von uns hört, der ins Plumpsklo macht.
Ich denke: Achanda mag ein bisschen älter sein als wir. Aber er ist nur einer von den Jungs. Einer von den dummen Jungs. Seine Stimme mag sanft sein, aber sie redet nichts Gutes. Seine Blüte mag schön sein, aber *er* ist es nicht. Er ist nicht schön. Wie *der Brother …*
– Warte, sagt Achanda.
Er läuft mir nach.
Es ist, als würde er meine Gedanken erraten. Er holt mich ein und sagt die Sätze. Leise sagt er die Sätze, die noch immer in meinem Kopf sind, jetzt. Jetzt, da ich im Zimmer sitze mit den anderen. Und der Brother da ist. Der Brother ist da, nah.
– Du magst den Brother, nicht wahr?, hat Achanda

gefragt. Aber er gehört nicht zu uns. Er wird fortgehen. Wie die anderen auch. Er wird herkommen. Ein paar Tage noch. Ein paar Wochen. Und nett zu uns sein. Und dann wird er weg sein, für immer. Das weißt du. Du musst erwachsen werden. Du musst wissen, was hier ist und was nicht. Der Brother ist nicht hier. Auch, wenn es so scheint.

Doch, denke ich und versuche, gegen Achandas Worte anzukommen. Der Brother ist hier, denke ich. Hier bei mir, im Zimmer. Ganz nah. Und ich kann ihn sehen. Kann ihn sehen …

Ich halte die blassen Blättchen von Memorize in meinen Händen, aber ich kriege trotzdem alles mit, was vor sich geht, weil ich Memorize mit Salma spiele, und Salma kriegt fast gar nichts mit.

Ich kann Karten von ihrem Stapel klauen.

Ich muss mich nicht anstrengen.

Salma ist nicht wach. Obwohl ihre Augen geöffnet sind. Aber es sind keine wachen Augen mehr. Es sind leblose Augen wie Murmeln aus Glas.

Ich glaube, Salma ist froh, dass sie Augen wie aus Glas hat. Sie hat genug gesehen.

Ich habe Salma gern. Sie lächelt viel.

Manchmal beneide ich sie. Wenn man Augen wie aus Glas hat, dann kann nichts hinein und nichts

hinaus. Dann ist man geschützt. Und kann lächeln, lächeln …
Ich habe keine Augen wie aus Glas. Ich spiele Memorize, aber ich weiß genau, was geschieht. Ich verpasse nichts. Gar nichts.

Ich sehe Nele-Sister, die wieder eine Prinzessin zeichnet, diesmal für die scheue Misha.
Misha hockt vor ihr auf den Knien und lässt sie nicht aus den Augen. Kann es kaum erwarten, die Zeichnung in Händen zu halten.
Nele-Sister kann gut malen. Besser als die Sisters, die vor ihr hier waren. Ihre Prinzessinnen sind so hübsch. Die Augen sind groß und schimmernd, und die Haare fließen weich und frei die Schultern herab, und ihre Kleider sehen aus wie aus Träumen.
Ich sehe Śaranata, die auch in der Nähe hockt, trockenen Beaten Rice aus der Tüte kramt und sich den Mund vollstopft. Jetzt lehnt sie sich in den Schoß von Nele-Sister, um zu sehen, wie schön die Prinzessin ist. Beaten Rice fällt aus der Tüte und mitten auf die Zeichnung. Nele-Sister wischt sie mit einem nachsichtigen Lächeln beiseite und zeichnet weiter. Śaranata lacht gehässig. Zeigt ihre Zahnlücke und die Zunge, die voller Beaten Rice ist. Misha blickt böse auf sie, traut sich aber nicht, etwas zu sagen.

Ich sehe Amir und Kiran und wie sie immer wieder versuchen, aus ein paar Schritten Entfernung einen Bleistift in den Papierkorb zu werfen. Kiran ist dran. Aber er trifft den Papierkorb nicht. Er schiebt die Unterlippe vor.
Er zieht den Schleim in der Nase hoch. Muss warten, bis er wieder dran ist.
Ich sehe Achanda, der sich nie hinsetzt, der unruhig durch das Zimmer streift, es wieder verlässt. Er geht nach draußen, schlendert am Fenster vorbei, ist nicht mehr zu sehen. Dann taucht er plötzlich wieder im Türrahmen auf, mit einem Gesicht, als wünschte er, etwas Neues im Zimmer vorzufinden. Aber da ist nichts Neues. Gar nichts. Manchmal spüre ich seine Blicke über mich hinweggehen. Und dann sehe ich, wie er den Brother anstarrt. Als könnten ihn seine Blicke verschwinden lassen. Aber das klappt nicht. Er ist immer noch da.
Aus der Küche höre ich das Herumschlurfen von Housemother, die Nudelsuppe kocht für den Brother und Nele-Sister. Ich höre das Blubbern im Topf, rieche den Kochdunst.
Ab und zu höre ich das Gelächter von Ramani, die drüben im Schlafzimmer ist, zusammen mit anderen Mädchen.

Ich bin wachsam. Das kalte Wasser heute früh hat mir gutgetan. Wenn ich nur wollte, könnte ich sogar Rinki und Prakash weit entfernt in ihrer Schule hören. Wie sie Englisch lernen und Rinki mit ihrer Krakelschrift ins Schulheft schreibt. Ganz genau.
Sei nicht albern, würde Achanda sagen. Dann bin ich eben albern. Na und? Achanda ist selten albern. Nur manchmal. Wenn er vergisst, dass er groß und abgebrüht sein will.
Tarun hat den Hut vom Brother nicht mehr auf, weil er sich mit Raj darum gezankt hat und der Brother ihnen den Hut weggenommen hat. Der Brother hat ihn auf den Schrank gelegt, zu den Malsachen. Neben den Ball. Mit dem wir drinnen aber nicht spielen dürfen, nur draußen, auf dem Playground. Er hat den Hut verkehrt herum auf den Schrank gelegt und einen Schlüssel aus seiner Hosentasche hineingetan und einen Lederbeutel aus seiner Gesäßtasche.
Wahrscheinlich, damit er sich ein bisschen freier bewegen und leichter auf dem Boden sitzen kann. Die Brothers und Sisters von weither sind es nicht gewohnt, lange auf dem Boden zu sitzen …
Der Brother neigt sich über das Spielfeld und schnippt einen Taler. Mit seinen schlanken Fingern. Ich sehe die Finger und höre wieder die Melodie. Die Melodie, die der Brother auf dem Instrument

gespielt hat. Vor ein paar Tagen. Auf dem Instrument aus Holz mit dem langen Hals und den sechs Seiten, die sonderbare und fremdartige Klänge erzeugt haben, aber trotzdem schön. Als wäre ein ferner Lichtschein ins Zimmer gedrungen. Und wir alle haben nicht gewusst, ob wir's richtig anstellen, aber wir haben in diesem Lichtschein getanzt. Es hat Spaß gemacht. Der Brother hat gelächelt.
Ich hoffe, dass er bald wieder das Instrument mitbringt und für uns spielt.

Tarun ist mit Schnippen dran. Raj sieht Tarun finster an. Er mag nicht, dass Tarun als Neuer so viel Aufmerksamkeit kriegt. Dass Achanda sich um ihn kümmert. Dass Tarun mit dem Brother spielt. Dass Tarun herumheult, nachts. Und tagsüber so tut, als könnte ihn nichts erschüttern. Raj ist ganz anders als seine Schwester Salma. Raj hat keine Augen wie Murmeln aus Glas. Rajs Augen sind lebendig und finden überallhin. Raj ist sehr klein. Aber nicht, weil er so jung ist. Raj ist klein, weil sie ihn geprügelt haben, wo er gewesen ist. Da haben seine Knochen Schaden genommen, und er ist nicht mehr gewachsen. Raj ist nicht wie ein Kind, sondern eher wie ein Zwerg. Ein Zwerg, dem die Brothers und Sisters zu viel nachsehen, nur weil er so klein und niedlich ist.
Tarun überlegt, wie er schnippen soll. Als er seine

Finger ansetzt, springt Raj mitten auf das Spielbrett, schießt die Taler mit seinen kleinen Füßen durcheinander. Sie sausen und kullern durch das ganze Zimmer. Einer rollt schlingernd in den Schatten des Ganges hinaus.
Tarun stürzt sich auf Raj. Die beiden verkeilen sich ineinander. Da sind keine zwei Jungen mehr. Da ist ein Sturm aus Wut, Haaren, Fingernägeln und Zähnen, der durchs Zimmer fegt.
Der Brother springt auf und versucht, die beiden zu fassen zu kriegen. Aber es gelingt nicht. Die beiden entwinden sich seinen Händen. Sie entwinden sich den Händen von Nele-Sister, die auch aufgesprungen ist.
Wenn geprügelt wird, ist das immer spannend. Man möchte mitprügeln. Besonders die Jungs. Es ist, als würden sie in ein Feuer schauen. Das Flackern spiegelt sich in ihren Augen. Nur Misha hockt immer noch auf dem Boden und macht sich klein. Die Zeichnung mit ihrer Prinzessin liegt jetzt unbeachtet neben ihr.

Es ist Achanda, der aus dem Sturm wieder zwei Jungen macht. Er hat Tarun am Zipfel seines Pullovers erwischt und zerrt ihn zu sich. Tarun tritt noch mal in die Luft in Rajs Richtung, erreicht ihn aber nicht mehr. Achanda greift Tarun am Kinn und redet eindringlich auf ihn ein. Ich sehe die Adern an Taruns Schläfen und wie sie pochen. Ich sehe, wie wütend er auf Achanda ist, weil er sich ihm in den Weg stellt. Achanda lässt ihn aber nicht los.

Nele-Sister zieht Raj in die andere Ecke des Zimmers. Sie geht in die Hocke, um in sein Gesicht zu schauen. Sie redet auf ihn ein. Sagt immer wieder seinen Namen, als würde er ihn nicht selber kennen. Sie sagt englische Worte, die er nicht versteht. Und auch nicht verstehen will. Tränen stehen in seinen Augen.

Nele-Sister versucht, Wut aus den Augen sprechen zu lassen. Aber ihre Augen sind nicht geübt in der Sprache der Wut.

Nele-Sister darf sowieso nicht allzu wütend sein. Das wissen wir. Nele-Sister ist gläubig. Sie glaubt an einen friedliebenden Gottessohn, von dem sie uns manchmal erzählt. Die anderen Brothers und Sisters von weither haben nicht so sehr an diesen Gottessohn geglaubt.

Rajs Augen kennen die Sprache der Wut. Sie spähen immer noch finster und entschlossen zu Tarun hinüber.

Er hat keine Chance gegen Tarun. Aber das ist ihm egal.

Er weiß, was wir alle wissen. Er weiß, unter Taruns

Haut, da ist etwas. Etwas, das Tarun nicht kontrollieren kann. Raj weiß, dass die Schläge, die er einstecken muss, nichts sind gegen diesen Schmerz, den Tarun empfindet. Die paar Schläge sind es ihm wert.

Die beiden beruhigen sich wieder. Aber nur für kurze Zeit. Dann zischt Raj etwas, und Tarun kriegt ihn an den Haaren zu fassen.

Der Brother greift diesmal sofort ein und reißt die beiden auseinander. Die beiden kommen jetzt nicht mehr gegen den Brother an. Es sieht schön aus, wie der Brother dasteht – aufrecht, entschlossen und stark.

Dann ist das Geräusch zu hören. Es kommt von drüben aus dem Schlafraum der Mädchen. Alles hier im Zimmer wird mit einem Mal so starr und bewegungslos wie die gemalte Sonne auf der Wand.

Ein klatschendes, aufschlagendes Geräusch.

Kein gutes Geräusch.

Und dann sind Schreie zu hören. Schreie und Weinen.

Ich streife draußen am Haus entlang. So, wie es Achanda sonst immer tut. Ganz dicht an der Wand. Manchmal berühre ich die Wand mit den Fingerspitzen. Ich habe das Haus jetzt schon viele Male umrundet. Bin an den Rissen im Mauerwerk entlanggelaufen, wieder und wieder an dem Baum und seinen Orangenfrüchten hinter dem Haus vorbeigekommen, am Schuppen und dem Stapel Holz und dem Gerippe vom Regenschirm und der zerbeulten Tonne. Aber es hilft nichts. Hilft gar nichts. Meine Füße können nicht aufhören zu laufen. Sie müssen weiter und weiter. Wie meine Gedanken. Während das Licht der Sonne in ein dunkles Orange übergeht und die Schatten ihre Finger ausstrecken nach den Häusern.

Ich bin wütend. Ich bin so wütend, weil es Ramani war, die vom Stockbett gefallen und mit dem Kopf auf dem Steinboden aufgeschlagen ist. Und nicht ich.

Ich sehe es vor mir. Ich sehe, wie der Brother losgerannt ist. Wie er zurückkam und sie ins Zimmer getragen hat, seine Hand schützend an ihrem Hinterkopf. Seine weiße Hand, die rotbesudelt war von Blut. Ich sehe, wie Nele-Sister und Housemother den Schrank aufgesperrt haben, um die Flüssigkeit herauszuholen, die ähnlich wie der Schnaps riecht, den der Mann in seinem Atem hat. Der Mann, der am Playground herumlungert. Die Schachtel mit dem Verbandzeug drin haben die beiden herausgeholt. Die Sachen für Verletzungen bringen die Brothers und Sisters von weither mit. Und sie lassen sie hier, wenn sie wieder fortgehen. Die Brothers und

Sisters haben genug davon zu Hause. Die Brothers und Sisters wissen auch, wie man damit umgeht.
Ich sehe es vor mir, wie der Brother das blutende Loch in Ramanis Hinterkopf saubergemacht hat, mit etwas Watte und der Flüssigkeit. Wie geschickt sich seine Finger bewegt haben. Ich sehe es vor mir, wie er zusammen mit Nele-Sister den weißen Verband um Ramanis Kopf gewickelt hat. Ramani hat nicht mehr geweint. Ramani ist still gewesen. Und der Verband hat ihrem Gesicht Würde verliehen. Housemother hat geweint. Weil sie nicht achtsam gewesen ist. Weil sie nicht aufgepasst hat. Und Misha hat auch geweint, weil sie immer weint.
Nele-Sister hat mit Śarana telefoniert. Und der Brother und sie sind fortgegangen, um Ramani zum Arzt zu bringen. Ich sehe es vor mir. Ich sehe es ganz genau vor mir, wie der Brother sie getragen hat. Wie weich sie gebettet war.
Ich kann froh sein, dass nichts Schlimmeres passiert ist. Dass es nur ein blutendes Loch gewesen ist. Dass Ramani nicht tot ist. Wäre sie tot, dann würde der Brother nie wieder an das andere Mädchen denken, das Shakti heißt. Nie wieder. Ich kann froh sein. Ich bin es aber nicht.

Wieder komme ich vorn am Eingang vom Haus vorbei. Da sitzen die anderen Kinder auf dem Stein-

boden. Mit Blicken, die ins Leere gehen. Keiner will drinnen sein, im Zimmer. Und spielen. Keiner sagt etwas. Keiner beachtet mich, fragt, warum ich um das Haus herumlaufe. Auch Housemother nicht.
Housemother liegt mit angezogenen Knien auf der Decke vor der Hauswand. Sie sieht wie ein Kalb aus, das mitten auf der Straße liegt und die Augen zuhat, so als gäbe es den Verkehr nicht. Housemother tut, als wären es wieder bloß ihre Rückenschmerzen. Aber es sind nicht bloß ihre Rückenschmerzen. Housemother ist ein Schreck in die Glieder gefahren.
Housemother darf sich nichts zuschulden kommen lassen.
Ich weiß, warum sie es nicht darf. Das weiß ich sehr wohl.
Sie tut mir leid. Aber darüber mache ich mir jetzt keine Gedanken.

Ich husche um die nächste Ecke. Ich kann nur an eines denken. Ich denke, dass mit mir auch etwas Schlimmes passieren muss. Mir muss etwas Schlimmes passieren, damit der Brother für mich da ist, für mich ganz allein. So, wie er für Ramani dagewesen ist. Ich denke, dass ich mir etwas antun sollte. Vielleicht mit einem Messer. Ein Messer, das scharf ist wie die berüchtigte Khukuri-Klinge der Gurkhasol-

daten. Ein gekrümmtes Messer, das tief ins Fleisch schneidet. Ich darf nicht feige sein, nicht zimperlich. Ich darf keine Angst haben. Aber im Recovery Home gibt es keine Messer. Das heißt, es gibt schon welche. Ein paar wenige. Aber die sind stumpf.
Es gibt die Sichel, mit der wir das Gemüse schneiden. Aber Housemother hütet die Sichel. Sie hält sie versteckt. Und sie lässt uns nicht aus den Augen, wenn die Sichel zum Einsatz kommt. Ich weiß, dass es die Messer der Gurkhasoldaten überall in Kathmandu zu kaufen gibt. Aber nicht für mich. Ich kann auch niemanden bitten, es mir zu besorgen. Ich muss mir etwas einfallen lassen. Aber was?

Als ich am Fenster von unserem Spielzimmer vorbeilaufe, kommt mir auf einmal etwas anderes in den Sinn. Der Hut vom Brother kommt mir in den Sinn und dass der Brother den Hut nicht auf dem Kopf hatte, als er weggegangen ist, um Ramani zum Arzt zu bringen. Jetzt wollen meine Füße nicht mehr weiterlaufen. Sie wollen stehenbleiben, sofort. Und das tun sie. Wenn ich eine Trickfigur im Fernsehen wäre, hätte es jetzt ein Bremsgeräusch gegeben, und Qualm wäre unter meinen Sohlen hervorgekommen.
Ich stehe und schaue von draußen ins Zimmer hinein. Die Gardine ist ein Stück weit vor das Fens-

ter gezogen, aber die Gardine stört mich nicht. Sie ist nur ein dünner Fetzen und hat Löcher. Ich sehe alles, was ich sehen will. Da ist der Hut vom Brother, und er liegt immer noch auf dem Schrank. Ich werde ihn holen und dem Brother zurückgeben. Jetzt sofort.

Aber noch während ich das denke, sehe ich, dass einer ins Zimmer kommt. Er rennt nicht wie die meisten Kinder. Er geht langsam. Bedächtig. Wie jemand, der sich seines Weges sicher ist.

Es ist Achanda.

Er sieht sich um, nimmt mich aber hinter der Fensterscheibe nicht wahr. Er geht hinüber zum Schrank. Achanda ist groß genug. Größer als die anderen Kinder, die auf den Drehstuhl steigen müssen, um den Ball runterzuholen. Achanda muss nicht auf den Drehstuhl steigen. Ich sehe, wie er dicht an den Schrank herantritt und sich streckt, bis er auf den Zehenspitzen steht.

Was er von oben herunterholt, ist nicht der Ball.

Was er von oben herunterholt, das ist der Hut vom Brother.

Er findet den kleinen Lederbeutel, den der Brother in seiner Gesäßtasche hatte. Er holt ihn heraus.

Er öffnet den Beutel, und da sind Scheine. Viele Scheine. Er schaut sie ehrfürchtig an. Er befühlt sie mit seinen Fingern, als wollte er sichergehen, dass

sie auch wirklich da sind. Es sind Rupien, aber auch Scheine, die ich nicht kenne. Scheine aus dem fernen Land, das Europa heißt.
Wieder sieht sich Achanda um. Wieder sieht er mich nicht. Er ist nicht so klug, wie er denkt. Ich sehe ihn. Ja, ich sehe ihn – Achanda, den guten Achanda. Und ich sehe, wie der gute Achanda einen der Scheine in seiner Hosentasche steckt. Einen von den fremden Scheinen. Den größten von ihnen, der orange-bräunlich ist. Die anderen Scheine steckt er in den Beutel zurück. Er legt den Beutel in den Hut, und dann liegt der Hut vom Brother wieder oben auf dem Schrank. Neben dem Ball. Genau dort, wo er vorher gelegen hat.

Ich ziehe mich vom Fenster zurück und mache ein paar Schritte in Richtung Garten. Jetzt muss ich mich nicht mehr beeilen. Jetzt muss ich nicht mehr ruhelos ums Haus herumstreichen. Es ist, als wäre unter meinen Füßen kein harter Boden mehr. Sondern nur noch weiche Luft. Und die Luft trägt mich. Auf einmal bin ich nicht mehr wütend. Ich bin eine Luftgängerin. Ich bin glücklich.
Ich denke an den Brother und wie aufrecht er dastand im Zimmer, als er die beiden prügelnden Jungen voneinander fernhielt.

Es gibt keine Zweifel.
Ich werde Achanda verraten.
Ich werde ihn verraten, und der Brother wird sich freuen, weil ich's tue.
Er wird nicht draufkommen, dass ausgerechnet Achanda sein Geld genommen hat. Niemand wird draufkommen. Aber ich weiß es, weil ich es ganz genau beobachtet habe.
Der Brother wird mich ansehen, mit seinen leuchtenden Augen. Und sehr dankbar sein.

Aber auf einmal – ich weiß nicht, woher es kommt – ist ein kleines Wort in meinen Ohren. Und es klingt so leise wie alle Wünsche.
Motorrad.
Motorrad.

Ich stehe im Garten, der bald schon der Nacht gehört.
Im Licht des Morgens bin ich hier mit Achanda gewesen. Und er hat mir eine Blume aus Papier geschenkt. Er hat mir erzählt, dass er bald ein Motorrad hat und mit mir zusammen davonfahren will. Und jetzt spüre ich, warum er das Geld vom Brother genommen hat. Ich spüre es unter meiner Haut, und es tut weh.
Er hat es genommen –
für mich, nur für mich.

Noch acht Tage

ACHANDA

Ich bin Herr über den Pfad. Ja, das bin ich. Ich spüre, dass es in meinen Augen zu erkennen ist. Dass sie es alle sehen können. Dass sie Respekt haben.
Ich habe mich nicht unterkriegen lassen. Ich bin standhaft gewesen. Mutig. Ich werde dafür belohnt. Ich weiß, dass es so ist.
Die Sache ist einfach. Entweder fügt sich der Pfad unter deine Füße, oder deine Füße gehorchen dem Pfad. Bis nichts mehr von dir bleibt bis auf Schritte. Tausend und noch mal tausend Schritte. Die immer leiser werden und bald weg sind. Genauso wie du.
Aber nicht mit mir, nein. Ich habe es geschafft. Ich bin jetzt Herr über den Pfad. Er kann beben und zischen. Er kann kleine Wolken aus Staub um meine Füße herum aufsteigen lassen. Das ist egal. Der Pfad ist nur, was ich ihm erlaube zu sein.

Ich lasse die beiden Eimer um meine Beine schlingern. Wenn sie anstoßen, ertönt ein hohles, vertrauenserweckendes Geräusch. Das Geräusch einer Aufgabe, die leicht zu bewältigen ist. So leicht.
Bis ich zur Wasserpumpe komme, wiegen die Eimer fast nichts. Sie schwingen hin und her in der sanddurchwirbelten Vormittagsluft. Sind selbst beinahe Luft.
Der Hund ist wieder da und bewegt sich mühevoll neben mir her. Er weiß genau, wer Herr über den Pfad ist und wer nicht. Auch Hunde können Herren über den Pfad sein. Er ist es nicht. Das sieht man. Er ist schwach. Er muss sich anbiedern. Er muss betteln. Betteln um seinen dünnen Leib. Bevor er verschwindet …
Ich würde ihm gern etwas geben, weil ich guter Laune bin. Aber was ich ihm geben könnte, ist nichts für ihn. Damit kann seine feuchte Nase nichts anfangen. Und sein kleiner schrumpeliger Magen auch nicht. Was ich ihm geben könnte, ist Geld. Viel Geld. Ich darf nichts davon kaufen für den Hund. Auch nicht für mich. Ich brauche es. Ich brauche alles davon – für Krishna.
Der Hund muss weiterziehen. Er weiß, dass es so ist. Und er tut es auch.
Der größte Herr über den Pfad, das ist der Tod. Das denke ich, als ich dem Hund nachschaue. Aber ich

denke es nur kurz. Weil ich so fröhlich bin. Und der Tod nicht meine Sache ist.

Es hat geklappt. Hat tatsächlich geklappt.
Es ist wahrscheinlich nicht Shaktis Unterhose. Ich weiß nicht, von welchem Mädchen sie ist. Ich dachte, es würde schwer werden. Sehr schwer. Weil die Unterhosen der Mädchen getrennt von allen anderen Sachen gewaschen werden. Weil die Unterhosen Geheimnisse sind, die nicht ans Tageslicht dürfen. Weil Housemother auf keinen Fall will, dass die Jungs damit in Berührung kommen. Die Unterhosen werden auch nicht draußen auf die Leinen gehängt. Sie werden drinnen aufgehängt, im Kloraum. Oder im Verschlag. Und Housemother ist wachsam in dieser Sache. Aber ich bin auch wachsam gewesen. Ich wusste, wann der Moment gekommen war. Und ich war schnell. Die Unterhosen waren noch gar nicht gewaschen. Sie lagen auf einem kleinen Haufen. Fast alle hatten braune Streifen drin. Genauso wie bei den Jungs. Ich wusste nicht, ob der Alte eine mit braunen Streifen mag. Ich habe eine genommen, die nur ein bisschen braun war. Eine rosafarbige.

Die Augen von dem Alten haben sich in das Stück Stoff geschlagen wie Raubzähne. Er hat nach der Unterhose gegriffen, und seine Nase hineingegraben, als wäre der Geruch da drin heilsam wie ein Kräutersud. Dann hat er sie mir auch zum Riechen gegeben.

– Riech, Junge, hat er gesagt. So riecht das Glück, hat er gesagt.

Er wusste nicht, dass ich selber schon vorher dran gerochen habe. Ich habe etwas gerochen. Etwas, das mich aufgestachelt hat. Aber ich weiß nicht, ob es das Glück war.

Als ich in die Augen von dem Alten geblickt und gesehen habe, wie glasig sie waren und dass sie fast nach hinten kippten, habe ich gedacht, dass es nicht das Glück ist, das so riecht. Dass es nicht das Glück sein kann …

Ich habe den Alten noch nie so freudig erlebt. Er hat nur noch gelacht, sein kehliges Lachen und hat mich angesehen, als wäre er sehr erstaunt über mich und stolz wie auf einen Sohn.

Wahrscheinlich hat er mir nicht zugetraut, dass ich das hinkriege. Dabei hätte er es besser wissen müssen. Das Schlimme war, dass ich in seinem kumpelhaften Gelächter und unter seinen Blicken sogar selber stolz wurde. Und ich habe mir vorgestellt, wie sein Gelächter ersticken würde, wenn man ihm den Hals zudrückt.

Es ist nur ein Stück Stoff, habe ich mir immer wieder

gesagt, um mich zu beruhigen. Nur ein Stück Stoff. Ich habe nichts Schlimmes getan. Ein Stück Stoff mit etwas Braun drin. Wahrscheinlich ist Shakti nie damit in Berührung gekommen. Sondern nur ein anderes Mädchen.

Der Alte hat den Beutel vom Nagel an der Wand genommen. Er hat einen Bund mit Scheinen herausgeholt und ihn mir in die Hand gedrückt.
– Hast es dir verdient, hat er gesagt.
So viel Geld hat er mir vorher noch nie gegeben. Ich hab es nur kurz angeschaut, an seinem Tisch, in dem elenden schattigen Zimmer, über dem Laden. Aber ich habe genau gesehen, wie viel es ist. Ich wollte den Alten nicht spüren lassen, dass es viel für mich ist. Sehr viel. Sonst hätte er es sich anders überlegt. Ich habe es beiläufig in die Tasche gesteckt. Dann bin ich vom Tisch aufgestanden, habe meine zwei Eimer geholt. Und dann ab, die Treppe runter, schnell. Der Alte hat gerufen, dass ich wieder von ihm hören werde.
– Ich weiß jetzt, dass ich auf dich zählen kann, hat er gerufen.
Du weißt gar nichts, habe ich gedacht. Und die Eimer haben laut gerappelt, als ich runter gesaust bin. Unten habe ich den Mann aufgeschreckt. Den Mann, dessen Atem eine Wand aus Schnaps ist und

der oft beim Playground herumlungert. Ich habe den Mann vorher noch nie beim Alten gesehen. Aber verwunderlich ist's nicht. Keine Frage, woher er seinen Schnaps kriegt. Und der Alte wird auch Verwendung haben für einen Kerl wie ihn, auch wenn ich nicht wissen will, wofür.
Der Mann ist bei dem Mädchen gestanden, das dem Alten den Chyaa bringt. Ganz dicht bei ihr stand er, und ihr Rücken war an der Wand. Sie ist gefangen gewesen zwischen der echten Wand und der aus Schnaps. Der Mann war nicht erfreut darüber, dass ich gekommen bin. Und das Mädchen hat mich mit ein bisschen Hoffnung in den Augen angesehen. Es hat mir leidgetan, aber helfen kann ich nicht. Es muss selber sehen, wo es bleibt. Ich bin hinaus ans Licht.

Und hier bin ich nun. Ein Junge, der sich nicht unterkriegen lässt. Ein Junge, der Herr über den Pfad ist. Und Geld hat. Viel Geld. Nicht nur Geld vom Alten habe ich, sondern noch anderes Geld. Ausländisches. Das noch wertvoller ist. Geld, das ich gestohlen habe, vom Brother. Der Brother mag viel besitzen und aus einem Land kommen, wo die Menschen gesund und die Wege keine Sackgassen sind. Aber das nützt ihm nichts. Hier nützt es ihm gar nichts. Ich habe den Brother besiegt.

Heute früh ist der Brother wieder ins Recovery Home gekommen. Er hat streng mit uns gesprochen. Sagte, dass ihm ein Geldschein entwendet wurde, und wollte wissen, ob sich jemand von uns schuldig fühlt. Niemand sagte etwas.
Der Brother ist hilflos.
Der Brother weiß, dass sein Geld verloren ist.
Aber er hat keine Ahnung, dass ich es gestohlen habe. Er kann sich nicht mal sicher sein, ob man es ihm überhaupt im Recovery Home geklaut hat. Oder woanders. Auf seinen täglichen Wegen durch Kathmandu.
Der Brother ist hilflos.
Er ist hilflos, weil er lieb zu uns sein will.

Die Brothers und Sisters wollen alle lieb zu uns sein. Warum das so ist, weiß ich nicht. Sie wollen lieb zu uns sein, und für viele von uns ist das etwas. Für Misha ist es etwas, wenn man sie in den Arm nimmt. Oder für Ramani, die vom Bett gestürzt ist – wenn man sie hochhebt und streichelt und die Tränen aus ihrem Gesicht wischt.
Lieb zu sein ist leicht, wenn man nur kurz da ist. Und dann wieder auf und davon. Muss man aber bleiben, dann ist lieb zu sein sehr schwer. Muss man bleiben, dann ist es das Schwierigste auf der Welt.
Der Brother braucht nicht zu glauben, dass es reicht.

Dass er auf der sicheren Seite ist mit dem, was er tut. Er braucht nicht zu glauben, dass er Shakti für sich einnehmen kann, einfach so. Sie wird es nicht zulassen. Das weiß ich. Sie wird ihn zurücklassen. So wie auch er uns zurückgelassen hat, noch bevor er hierhergekommen ist.
Es war richtig von mir, dass ich sein Geld genommen habe.

Unter meiner Haut, da strömt nicht nur Blut. Sondern da ist auch Kraft. Kraft, die für uns beide reicht. Für Shakti und für mich.
Ich bin gut in der Zeit. Bevor ich mich für das Wasser an der Pumpe anstelle, kann ich noch zu Krishna gehen. Ich kann zu Krishna gehen, um ihm das Geld zu geben. Und er wird erstaunt sein, weil es so viel ist.

Ich bin schon oft zu ihm gegangen, aber ich bin aufgeregt, als wäre es das erste Mal. Die Hügel scheinen heute ganz nah zu sein. Sie ragen im Morgen und über den schimmernden Dächern auf wie Hoffnung. Ich gehe an der Tempelanlage vorbei, wo Stimmen und Farben sich mischen. Dann nach rechts in den engen Weg, der voller Schatten ist. Die Erde hier ist feucht von Rinnsalen, kann erst später am Tag trocknen. Durch das Nass zu patschen, tut meinen schrundigen Fußsohlen wohl. Da ist wieder die Frau, die gekrümmt dahockt, in der Kühle des Weges. Mit den nackten Füßen fixiert sie ihre Sichel, so dass sie mit der gewölbten Klinge ihre Kartoffeln zerteilen kann. Weil kein Platz ist, muss ich über die Frau steigen. Einer der Eimer poltert gegen ihren Rücken. Sie sieht nicht auf. Sie fährt in ihrer Arbeit fort. Hingebungsvoll. Als gäbe es nichts anderes für sie. Es gibt auch nichts anderes. Nur eine rostige Klinge, die die Tage zerteilt. Einen nach dem anderen.

Ich biege rechts ab. Hier sind keine Häuser. Keine großen, keine kleinen. Es gibt Verschläge, Blechhütten und Müllhaufen und ein kleines Beet. Vielleicht auch spähende Augen, von denen man nichts sieht. Ein Unterhemd hängt an der Leine. Und die Stelle ist da, wo in der Nacht das Feuer gebrannt hat.

Ich gehe an der löchrigen Mauer entlang, wo es nach faulen Blättern und altem Stein und dem Klebstoff riecht, den das eine Mädchen sich immer besorgt hat, um dran zu schnüffeln. Sie ist nicht mehr im Recovery Home.

Ich biege links ab, und da ist wieder wimmelndes Leben und der Junge mit dem Zylinder und den Ärmchen, die dünn und kümmerlich sind. Natürlich hat er sein Kartenspiel ausgebreitet auf seiner Decke und will die Leute abziehen. Die drei Fahrer stehen um ihre dreckbespritzten Taxis und quasseln und trinken Schnaps, weil niemand einsteigt.

Da ist der Garagenladen. Links neben dem Garagenladen ist der winzig schmale Weg, und da laufe ich rein. Immer, wenn ich hier bin, fange ich zu rennen an. Ich kann nicht anders.

Ich werde immer schneller. Wo der winzig schmale Weg aufhört, öffnet sich eine weite brachliegende Fläche, über die Schwaden von Staub und Abgasen durch die Luft ziehen und wie riesige Schlangenleiber aussehen. Mit meinen Eimern laufe ich mitten durch sie hindurch. Die Eimer schlagen mir gegen die Beine. Dann liege ich im Dreck, weil ich an einer Wurzel hängen geblieben bin. Ich weiß nicht, ob ich mir weh getan habe. Es ist mir egal. Ich stehe auf, nehme die Eimer und laufe weiter. So schnell es geht. Bis ich über die ganze Weite gelaufen und bei den Schuppen angekommen bin. Vor den Schuppen ist ein kleiner Wall aus Reifen und vor dem Wall sind die Holztische, wo Utensilien auf dreckigen Tüchern ausgebreitet sind. Schrauben, Ventile und vieles mehr. Unter den Tischen liegen Reissäcke, in denen noch mehr Utensilien sind. Kein Reis.

Die Männer stehen rum, mit ihren dunklen Jacken und Blicken. In ihren Blicken bin ich nichts. Ein Niemand. Aber das stört mich nicht. Genauso wenig wie das Stechen in meiner Seite, vom Laufen. Ich bin glücklich. Ringsum ist das Brausen, das ich so liebe. Das ohrenbetäubende Brausen und Knattern der vielen Motorräder. Das von der Ferne kündet. Und allen Wegen, die man einschlagen kann. Einfach so.

Krishna zeigt einem Mann etwas, das wie ein Schneckenhaus aus Metall aussieht. Der Mann hat aber kein Geld, um es zu kaufen. Das weiß Krishna. Sogar ich weiß es. Der Mann war schon oft hier. Der Mann hat ein schmales Kinn, und man sieht, dass er mit dem Kinn nur nicken kann, immer nur nicken. Nichts anderes. Ohne dass es dem Mann etwas nützt.

Viele, die hier sind, haben kein Geld, um etwas zu kaufen. Trotzdem kommen sie zu Krishna, seinen Motorrädern, seiner Fundgrube aus Ersatzteilen und schleichen herum. Als fiele eines Tages doch was für sie ab. Tut es aber nicht. Darauf achtet Krishna. Wenn er gute Laune hat, zeigt er so einem Mann mal das eine oder andere Teil her. Wenn er sehr gute Laune hat, führt er ihm eins von den Motorrädern vor, die er mit seinen Helfern selbst zusammengeschraubt hat. Dann ist das Gespräch schnell beendet.

Ich rufe seinen Namen.

– Was gibt's?, ruft Krishna, noch bevor er mich überhaupt sieht.

Er ist es gewohnt, seinen Namen zu hören. Er kann ihn gut vom Motorknattern unterscheiden. Seine Augen müssen auch nie lange suchen im Gewühl der Körper. Sie werden immer schnell fündig.

Er sieht, wie ich mit meinen Eimern auf ihn zugelaufen komme. Er mustert mich einen Augenblick.

Er sagt:

– Namaste. Da ist er ja wieder – der große Junge. Der Junge mit seinem großen Traum. Nicht, dass er hier heimlich seine Eimer auffüllen will. Er würde es bereuen.

Das sagt Krishna nur so. Um mich zu ärgern. Er ärgert die Leute gern. Er kann es sich leisten. Meistens meint er es spaßig. Aber nicht immer. Krishnas Kinn ist auch schmal. Aber es ist nicht da, um zu nicken.

– Wie sieht es denn aus?, fragt er. Bist du deinem Traum in der Zwischenzeit wieder ein Stück näher gekommen?

– Ja, sage ich. Du hast es doch nicht verkauft, oder?

– Würde ich nie, sagt Krishna.

Er lächelt. Es ist ein freundliches, schönes Lächeln.

Ohne Worte sagt sein Lächeln: Glaub mir nur. Aber ich tu's nicht. Sein Lächeln kann so freundlich sein, wie es will.

– Kann ich es sehen?, frage ich.
– Gerne doch. Wenn ich mir ansehen kann, was du heute für mich mitgebracht hast.
– Du wirst nicht enttäuscht sein, sage ich. Aber erst will ich mein Motorrad sehen.
– Dann will ich dem großen Jungen mal den Gefallen tun, sagt Krishna. Wenn er heute wirklich so großmütig ist, wie er tut.

Krishna hat nie Arbeitsklamotten an wie seine Helfer. Wären keine Ölflecken auf seinen Händen und im Gesicht, würde man denken, er stünde auf einer ausladenden Terrasse, um seine Nase in die Sonne zu recken. Er pfeift kurz mit den Fingern und lässt einen der Helfer seinen Platz am Tisch einnehmen. Dann gibt Krishna mir ein Zeichen, ihm zu folgen. Er setzt sich mit seinem leichten, lockeren Gang in Bewegung, geht ein paar Schritte in Richtung der Schuppen. Verfolgt wird er von vielen Augen. Augen, die eine wilde Freiheit ausstrahlen. Aber auch Finsternis sind. Ganz egal, ob sie hinter dunklen Brillengläsern verborgen sind oder nicht. Die Augen verfolgen jetzt auch noch jemand anderen. Sie verfolgen den Jungen, der hinter Krishna hergeht in

Richtung der Schuppen. Und zwei Eimer trägt. Den einen rechts, den anderen links. Der Junge, zu dem Krishna »großer Junge« sagt. Und der im Gegensatz zu vielen anderen hier einen Deal mit ihm hat. Ganz genau. Einen Deal …

Das Anstehen an der Wasserpumpe macht träge. Die Augen werden schwerer und schwerer. Die Sonne lässt die Gedanken verdampfen, bis im Kopf nur noch eine dumpfe Stille ist. Und wenn man endlich an der Reihe ist und das Wasser plätschernd in den Eimer strömt, weiß man gar nicht, was Wasser eigentlich bedeutet. Wie wertvoll es ist. Und weswegen man so lange Zeit dafür ansteht.
Ich bin froh, dass mir die Henkel der Eimer in die Hände schneiden, auf meinem Weg zurück ins Recovery Home. Ich spüre den Schmerz und das Gewicht des unruhig schwappenden Wassers. Die dumpfe Stille ist weg. Jetzt fühle ich mich wieder lebendig. Und ich trage nicht nur das Wasser ins Recovery Home. Ich trage noch etwas anderes dorthin. Das Glück.

Ich habe das Motorrad gesehen. *Mein* Motorrad. Es war da, immer noch da. Krishna hat es aus dem Schuppen hervorgeholt. Es ist kein großes Motorrad. Aber es groß genug. Für Shakti und mich. Lange bin davor gestanden und konnte mich nicht sattsehen. Ich habe die Rostflecken gesehen, am dünnen Rahmen, das lose auf den Rahmen gesteckte Lenkrad, die Beulen im Tank, die platten Reifen. Das Sonnenlicht hat den Tank zum Glänzen gebracht, und der neue Sattel, den Krishna das letzte Mal montiert hat, schimmerte tiefschwarz und wunderschön. Ich sehe es noch ganz genau vor mir. Trotz aller Mängel sah das Motorrad aus, als könnte man es einfach nehmen und davonfahren. Sofort. Und gleich. Und jetzt.

– Ist eine schlanke, zierliche Schönheit, hat Krishna gesagt. Und bald gehört sie dir.

Krishna hat nicht an dem Geld gerochen wie der Alte an der Unterhose mit dem Braun drin. Aber in seinen Augen war derselbe Glanz. Als wären in ihm all seine Ahnen lebendig geworden, die jemals ein Geschäft gemacht haben.

Er hat mich nicht gefragt, woher ich das Geld habe. Das fragt er nie. Stattdessen hat er nur wieder gefragt, ob ich mir wirklich sicher bin, dass ich auch fahren kann.

Das geht ihn aber nichts an. Ich bezahle das Motorrad, und mehr gibt es nicht zu wissen. Soll er ruhig denken, dass ich nicht fahren kann. Das ist sogar besser. Dann wird er nichts herumerzählen. Weil er nicht auf die Idee kommt, dass ich tatsächlich davonfahren könnte. Und er fühlt sich gut, weil er ein gutes Geschäft macht, mit einem Ahnungslosen. Er braucht nichts zu wissen von dem Mann mit den hohlen Wangen und den einsamen Augen. Der aber so gütig war. Der Mann, der Einkäufe erledigte für das Hotel, in dem man mich arbeiten ließ in dem riesigen fremden Land. Der heimlich zu uns in die Küche kam, um uns Nüsse zu schenken. Und mir einmal ein Comicheft mitgebracht hat. Der Mann hatte nichts mehr. Keine Familie, keine Freunde. Aber er hatte uns. Und er hatte ein Motorrad. Er hat mir gezeigt, wie man fährt. Er war geduldig. Er wünschte sich keine Zukunft herbei wie die meisten anderen Menschen. Wieder und wieder ging er alles mit mir durch. Und die einsamen Augen, sie freuten sich über meine Fortschritte.

Eines Tages ist er an einer Baustelle vorbeigekommen. Es war kein guter Zeitpunkt. Etwas stürzte herab, das größer und schwerer war als sein Leben. Dann war da nur noch Blut, das über die Steine rann und in die braune Erde sickerte. Sie haben gesagt, das Blut wäre dunkel gewesen. Fast schwarz. Das haben sie gesagt. Der Mann ist nicht mehr hier. Aber ich bin es. Und wenn ich auf dem Motorrad sitze und alles ganz genauso mache, wie er es mir gezeigt hat, wird er glücklich sein, da, wo er jetzt ist. Das weiß ich.

Krishna hat gesagt, dass mein Motorrad nun fast ganz bezahlt ist. Dass nur noch ein bisschen fehlt. Das Bisschen soll ich ihm beim nächsten Mal geben, wenn ich wieder was zwischen die Finger kriege. Dass er das Motorrad in der Zwischenzeit für mich startklar macht, hat er gesagt.
Er weiß nicht, dass ich ihm nicht das ganze Geld gegeben habe. Ich habe ihm nur das ausländische Geld vom Brother gegeben. Das am wertvollsten ist. Ich habe aber noch das andere Geld, das mir der Alte gegeben hat. Das werde ich Krishna beim nächsten Mal bringen. Es fehlt also kaum noch etwas. Ich habe fast alles beisammen. Ich muss nicht mehr zu dem Alten gehen. Es lässt sich vermeiden, vielleicht. Vielleicht kann ich ein paar kleine Laufgänge erledigen – für die reiche Frau, die ganz in der Nähe vom Recovery Home wohnt, allein, in ihrem riesigen Haus. Dann ist es so weit. Dann ist das Motorrad startklar, wie Krishna gesagt hat. Und ich kann Shakti mitnehmen.

Gemeinsam werden wir auf den Hügel fahren. Zu dem Ort, von dem mir die fremde Frau im Hotel erzählt hat, als ich noch in Indien war und klein.

Keines ihrer Worte habe ich vergessen. Sie kam aus einem fernen Land und ist mit ihrem Mann im Hotel gewesen, nur ein paar Tage.
Sie trug helle Kleider, die immer durchgeschwitzt waren. Sie hatte neugierige Augen, die begrüßten, was sie sahen. Sie verstand meine Sprache. Sie konnte toll erzählen. Ich glaube, sie war eine Gelehrte. Ihr Mann wollte nicht, dass sie mit mir spricht. Wir Kinder waren ihm nicht geheuer. Aber sie hat es trotzdem gemacht. Sie war es, die mir von dem Ort erzählt hat. Dem heiligen Ort auf dem Hügel, im Westen von Kathmandu. Wo die Tempelanlage erbaut wurde, eine der ältesten Tempelanlagen der Welt. Und von dem blauen Licht erzählte sie mir. Von dem blauen Licht, das dann die Dunkelheit meiner Nächte im Hotel durchdrungen hat.
Zu diesem Ort werde ich Shakti mitnehmen. Ich weiß, es wird ihr gefallen.
Die Stadt wird weit unter uns liegen, sich in die Senken ducken und an die fahlgrünen Hügel ringsum schmiegen und unter dem weichen Dunst aussehen wie Vergangenheit, die überwunden ist.

Ich spüre das Gewicht der Eimer kaum noch. In der Ferne sehe ich den rostigen Eisenzaun vom Recovery Home.
Ich weiß, dass dahinter Shakti ist. Ich denke an ihre

weichen, runden Wangen. An ihre Augen, die mich manchmal streifen, als wollten sie sagen: *Gib uns Gründe. Gib uns Gründe, dich schön zu finden.*

Daran wie laut und schmetternd ihr Lachen sein kann. An ihre dunklen, schweren Haare voller Läuse. Dann sehe ich ihre Flauschjacke vor mir, die sie immer anhat und in die sie sich hineinkuschelt, wenn ihr kalt ist, den Kragen über den Mund gezogen.

Wie mürrisch sie blickt, wenn sie etwas sagt und keiner hört ihr zu.

Wie gemein sie manchmal zu den anderen Mädchen ist. Und sich hinterher kleinlaut entschuldigt. Und möglichst so, dass es sonst niemand mitkriegt.

Wie kokett sie tut. Wie sie sich aufbläst vor den Brothers und Sisters. Weil sie im Gegensatz zu fast allen anderen Kindern Englisch spricht. Weil man es ihr beigebracht hat, dort, wo sie früher gewesen ist.

Sie ist ein flatterhaftes, unsicheres Ding. Aber das will sie nicht zeigen. Sie will zeigen, dass ihr alles und jeder egal ist. Aber das ist nicht so. Ich sehe es in ihren Augen.

Sie schauen genau hin. Sie nehmen Anteil.

Nicht nur Anteil am Brother. Sondern auch an den Kindern. Und Anteil an mir. Ich habe es bemerkt. Und das ist das Schönste.

Als ich an den Eisenzaun herantrete, rufe ich, damit mir jemand die Tür aufmacht und ich die Eimer nicht abzusetzen brauche. Ich rufe, und das Tor öffnet sich quietschend. Tarun erscheint. Er hat die Tür aber gar nicht mir zuliebe geöffnet. Er sieht mich nicht an. Er lässt mir nicht den Vortritt. Er drängt sich an mir vorbei und läuft den Weg hinunter, seine kleine Füße patschen immer schneller über die trockene Erde, die dem Vormittagslicht ausgesetzt ist. Bis er fast nicht mehr zu erkennen ist.

Tarun darf nicht raus. Das weiß ich. Ich sollte ihm nachlaufen und ihn wieder einfangen. Aber ich habe jetzt einfach keine Lust dazu.

Soll er doch laufen, wohin er will!

Ich bin nicht Housemother. Ich bin nicht seine Ama.

Meine Gedanken sind schon längst wieder bei Shakti.

Ich werde wieder etwas für sie basteln.

Ich werde geduldig sein.

Ich werde nicht nachgeben.

Ich bin Achanda, Herr über den Pfad.

TARUN

Meistens sind die Schleier aus Sand meine ganze Welt. Eine Grenze, die ich nicht überwinden darf. Aber jetzt gibt es keine Grenze mehr.
Die Welt ist da. Sie ist Farbe, Klang.

Ich bin froh, dass ich draußen bin. Dass ich Housemothers Blicken entwischen konnte. Ich bin froh, dass ich Füße habe, die mich hierher getragen haben. Dahin, wo ich sein will. Und auch sein muss. Jetzt.
Und ich bin froh um meine Hand. Meine kleine Hand.
Mit großen, kräftigen Händen kann man viel anfangen, das schon.
Der Sir, dem ich zu dienen hatte, zwischen Mond und Sonne, Sonne und Mond, hat die Eidechse gepackt, auf seiner Terrasse. Er hat sie zerquetscht, bis da kein Lebenshauch mehr war. Nur der feste Griff seiner großen Hand und triefendes Blut.

Der Sir hat uns angesehen, den anderen Jungen, das Mädchen und mich. Und wir wussten Bescheid.
Mit großen, kräftigen Händen kann man Wassereimer schleppen wie Achanda. Und Housemother für sich einnehmen. Wie Achanda. Obwohl er kein bisschen besser ist als wir. Er tut nur immer so.
Am Anfang habe ich ihm geglaubt.
Jetzt nicht mehr.
Am Anfang mochte ich ihn.
Jetzt nicht mehr.

Ja, mit großen, kräftigen Händen kann man viel anfangen. Aber um ans Ziel zu kommen, dafür braucht man keine großen Hände. Manchmal braucht man Hände, die so klein und schmal sind wie meine.
Nur, weil meine Hand so klein ist, kann sie durch das Loch im Fenster greifen. Das Loch, das da ist, weil ich das letzte Mal den Stein durch die Scheibe neben der Kellertür geworfen habe. Es ist noch nicht ausgebessert worden. Wahrscheinlich war die Maharani beschäftigt. Wahrscheinlich war sie um ihre Schönheit besorgt. Ihre Schönheit ist wichtiger als ein kaputtes Kellerfenster. Oder die Maharani hatte wieder Gäste. Und das Mädchen musste das Essen zubereiten und servieren.
Das Mädchen mit dem Namen, der mich ausfüllt. Ganz.

Meine Hand kann durch das Loch greifen und den Riegel der Tür öffnen. Sie öffnet sich mit einem leisen, einladenden Geräusch. Ich kann es ganz genau hören.
Irgendwo hinter dieser Tür ist es, das Mädchen. Das Kalpana heißt. Und ich werde es sehen. Endlich wiedersehen. Und ihm zeigen, dass es nicht allein ist. Dass ein großes, strahlendes Haus mit einem finsteren Keller keine Grenze ist. Nicht für immer, nein. Genauso wenig die Sandschleier des Nachmittags. Ich werde ihr zeigen, was das ist: eine geöffnete Tür.

Ich darf mich nicht von Ungeduld verzehren lassen. Ich muss ruhig bleiben. Auch, wenn es mir schwerfällt. Gut möglich, dass ich noch ein wenig warten muss, bevor ich sie sehe. Vielleicht ist sie oben, bei der Maharani. Oder ich habe Glück. Und die Ma'am hält einen Nachmittagsschlaf. Und Kalpana sitzt in ihrem Kellerraum. Und schreibt Tagebuch. Über jeden Eintrag schreibt sie: Liebe Freundin. Obwohl da keine Freundin ist. Nur eine Seite in einem Heft, mit Linien. Ich weiß, dass es so ist. Ja, das weiß ich.
Die Einträge sind kurz. Sie kann nicht gut schreiben. Sie hat nur ein bisschen Schreiben gelernt. Kalpana kann nicht gut schreiben, doch das ist nicht wichtig für sie. Ein Wort ist nur ein Wort. Aber hinter dem

Wort da, auch wenn es nur klein und krakelig ist, ist alles, was Kalpana kennt.
Kalpana hat Angst, dass die Maharani das Tagebuch findet. Wenn Kalpana gut schreiben könnte und alles ganz ausführlich hinschreiben würde, und das Tagebuch fällt der Maharani in die Hände – das wäre schlimm.

Bevor ich in den Keller hineingehe, spähe ich noch mal nach allen Seiten. Aber ich sehe nur den Vogel, der seinen Schnabel am Ast wetzt. In dem Baum, dessen Blüten aussehen, als würden sie seine Äste umschweben. Der Garten tut so, als gäbe es den Vogel nicht. Und mich auch nicht. Als gäbe es keine Hände, die einen Jungen packen könnten, aus dem Nichts. Um ihn zu zerquetschen wie eine Eidechse. Als gäbe es keine Maharani, keine Kalpana. Kein Atem von Kathmandu. Nur ein Blütenmeer.
Heute arbeitet kein Mann im Garten. Trotzdem habe ich lange gewartet, bevor ich von dem Eisenzaun heruntergesprungen bin – auf das Grundstück, wo das Haus der Ma'am einsam und stolz in der Weite steht. Ich bin an der Stelle rübergeklettert, die ich kenne und die sich eignet. Weil sie weit genug entfernt ist vom Haus und der Zaun dort nicht zu hoch ist und oben keine scharfen Spitzen sind. Nur die eisernen Kringel und eisernen Schnörkel. Dahin-

ter ist gleich der kleine faulige Hügel aus Erde, in den ich mich hineinfallen lasse. Bevor ich aber rüber bin, habe ich mich oben an der Außenseite des Zauns an zwei Kringeln festgehalten. Ich habe in den Garten geschaut, mit Augen, denen nichts entgeht. Die alles so nah und scharf gesehen haben wie durch ein Fernglas. Als ich drüben war, ging es rechts in die Büsche. Langsam bin vorwärts gekrochen. Bis da kein Busch mehr war. Nur noch das hohe Haus. Und die Kellertür. Und das Fenster mit dem Loch.

Niemand hat mich gesehen. Ich habe es klug angestellt. Beim Kriechen durch die Büsche habe ich meine Unterarme aufgeschürft, und ein Dorn hat mir tief ins Fleisch gestochen.

Das ist gut. Damit Kalpana gleich sehen kann, dass ich keine Mühe scheue, um ihr nah zu sein.

Jetzt bin ich da. Ganz nah. Und meine kleine Hand hat schon die Tür geöffnet.

Ich trete in die Kühle des Kellers, und zuerst sehe ich nichts, weil es so dunkel ist. Und plötzlich ist es da. Das Gefühl, abhauen zu müssen, sofort. Ich sollte nicht hier sein. Ich habe hier nichts zu suchen. Es ist gefährlich für einen Jungen, zu tun, was ich tue. Ich sollte es wissen. Ich bringe mich selbst in Bedrängnis.

Ich muss an Śarana denken, den guten Mann. Wie freundlich er zu mir war und daran, dass er mich in das Haus gebracht hat. Das Haus, in dem die Kinder sind. In dem wir spielen können und in dem uns nichts Schlimmes mehr passiert. Ich sollte dankbar sein, dort sein zu dürfen. Ja, das sollte ich. Aber ich bin's nicht, nein. Śarana kann reden, was er will. Und Achanda auch.
Achanda, der mich zurückgehalten hat, als ich auf Raj losgehen wollte. Achanda, der schlichten will, wo nichts zu schlichten ist.
Der dumme erwachsene Achanda. Der alles kann und alles besser weiß. Der aber trotzdem dumm genug ist, sich mit Shakti abzugeben, der blöden Ziege. Immer schleicht er um sie herum. Immer redet er leise mit ihr, als teilten sie ein Geheimnis miteinander.
Der dumme erwachsene Achanda. Ob uns nichts Schlimmes bevorsteht in dem Haus, das Recovery Home heißt, weiß er auch nicht, egal, was er sagt.
Nein, ich bin nicht dankbar. Nicht dankbar.

Plötzlich, dort in dem Keller der Maharani, kommen die Bilder zurück, die Bilder, die ausgefüllt sind mit derselben Schwärze, die jetzt um mich ist. Ich spüre den Kellerraum, in dem ich mich versteckt habe, damals. Schönes Versteck, hat mein Herr zu mir gesagt, als er mich dort fand. Sehr schönes Versteck. Hier wirst du jetzt bleiben. Lange.

Aber das hier ist ein anderer Keller, ja. Und hier werde ich etwas sehen. Etwas, das wichtiger ist als Sonne und Mond: Kalpana. Meine Freundin. Meine einzige Freundin.
Darum muss ich weitergehen. Ich darf nicht abhauen. Ich werde gleich bei ihr sein und sie bei mir. Ich muss Kalpana sehen, weil es sonst vielleicht zu spät ist. Ich muss sie sehen, weil …
Langsam gehe ich vorwärts und betaste mit der rechten Hand die Steinwand. Ich versuche, mich auf die Kühle zu konzentrieren, die der Wand entströmt, auf den Weg, der vor mir liegt. Da ist eine lange Flucht. Es riecht feucht nach unbewohnten Räumen, auch wenn ich weiß, dass nicht alle Räume unbewohnt sind. In einem Raum, da wohnt jemand. Das weiß ich ganz genau. Es riecht aber nicht nur feucht, sondern auch süß. Es riecht wie die kleinen Kuchen, die Ama gebacken hat, als mein Bruder Geburtstag hatte. Die Kuchen, die wir den Alten schenken sollten, obwohl ich sie lieber alle selber gegessen hätte. Aber ich durfte nicht, nein. So riecht es hier. Es ist ein wunderbarer Geruch. Ich glaube, dass nur Kalpana so riechen kann.

Plötzlich stoße ich mit meinen nackten Fuß gegen etwas. Es ist eine Tasse, die umkippt. Mein Fuß steht jetzt in einer kleinen Pfütze, und die Pfütze ist warm wie Chyaa. Und ich höre die leise Rollbewegung der Tasse über den Steinboden. Erst bleibe ich regungslos stehen, dann mache ich noch einen Schritt und trete auf etwas Lebendiges.

Ich weiß, dass ich verloren bin. Ich weiß es sofort.

Worauf ich trete, das ist eine Hand. Aber die Hand gehört nicht Kalpana, nein. Die Hand gehört einem Mann, der ein verwirrtes, wütendes Grunzen hören lässt und sich erhebt. Der Mann hat hier auf den kühlen Steinen geschlafen. Hätte ich Glück gehabt, dann wäre es ein Landstreicher gewesen. Einer, der sich heimlich Zugang zum Keller verschafft hat, so wie ich. Aber ich habe kein Glück. Es ist einer der Männer, die für die Maharani im Garten arbeiten. Das ist klar. Nach wenigen Herzschlägen schon. Dafür brauche ich keine Augen, nein.

Er hat das Recht, hier zu sein.

Und ich nicht.

Ich renne zurück in Richtung der Tür, aber es ist zu spät. Der Mann hat mich schon am Kragen gepackt und schlägt zu.

Wieder und wieder. Bis da kein kleiner Junge mehr

ist. Nur Schläge mit einer flachen Hand und ein Körper, der vor der Hand zurückweichen will, es aber nicht kann.
Der Mann sagt etwas, wiederholt es mehrmals, ganz ruhig und mit gelassener Stimme, während er zuschlägt. Aber ich verstehe nicht, was er sagt.
Dann folgt, was immer folgt. Etwas, das noch schlimmer ist als die flache Hand. Etwas, das hart und dunkel und knallend heransaust und ins Fleisch schneidet.
Ich kenne es gut.
Das, was mein Gesicht und meinen ganzen Körper peitscht, soll normalerweise eine alte, schmierige Hose vor dem Herabrutschen bewahren. Aber das ist nicht sein einziger Zweck, nein.
Wie einen Müllsack wirft der Mann mich aus dem Keller.
Da ist das helle Sonnenlicht, das den Hieben in nichts nachsteht und auf mich herabstürzt. Und da ist die Weite des Gartens, in der es flirrt und summt. Der Garten, der so tut, als wäre nichts geschehen … gar nichts, nein.

Ich weiß nicht, wie lange ich in dem Grün liege. Irgendwann stehe ich auf und stolpere davon. Als ich das Grundstück schon fast verlassen habe und wieder halbwegs weiß, wer ich bin, da sehe ich einen

guten Stein. Ein guter Stein, das ist einer, der sich zum Werfen eignet. Ich nehme den Stein und laufe zum Haus zurück. Ich gebe acht, ob ich den Mann sehe. Aber er ist nicht da. Wahrscheinlich hat er sich wieder hingelegt, in aller Ruhe, in seine schattige Kühle. Er verschwendet keinen Gedanken mehr an mich oder daran, dass ich noch immer da sein könnte. Er kann gelassen sein. Er weiß, ich kehre nicht zurück.
Ich kann's nicht mehr.
Ich habe meine Chance verspielt.
Zumindest für heute.
Aber ich kann etwas anderes tun. Ich ziele auf ein Fenster weit oben im Haus und schleudere den Stein. Ich schleudere ihn – mit der Kraft, die ich noch zur Verfügung habe. Es ist ein guter Wurf.
Der Stein saust noch durch die Luft, da renne ich davon – so schnell, wie ich es meinen Füßen nicht mehr zugetraut hätte. Aber dass der Stein durch die Scheibe schlägt, das höre ich genau.

Draußen auf dem Pfad, als das Haus der Maharani schon weit hinter mir liegt, kommen die Tränen. Ich kann sie nicht mehr zurückhalten.
Es ist nicht der Schmerz der Schläge, der mich weinen lässt.
Es ist die Wut.

Ich bin wütend auf mich. Ich bin wütend, weil ich ein Versager bin. Weil ich nicht achtsam genug war. Weil ich es nicht geschafft habe, zu Kalpana vorzudringen. Weil ich sie allein gelassen habe. Weil ich abgehauen bin. Einfach so.
Es hilft nicht, dass es nur mein Körper war, der abgehauen ist.
Es hilft nicht, dass meine Gedanken noch immer dort sind, in dem Haus. Bei ihr. Gedanken helfen nicht, nein. Sie helfen nie. Sie stochern im Dunkel. Ich versuche, das Mädchen vor mir zu sehen. Ich muss mich anstrengen. Meine Gedanken müssen ihr Gesicht aus der Schwärze locken.
Aber sie tun's nicht. Sie tun es einfach nicht.
Und wieder wünsche ich mir, Shivas drittes Auge vor mir zu sehen. Zu sehen, wie es sich öffnet. Und sein von der Asche weiß überpudertes Gesicht.

Ich bin allein. Ganz allein. Und hasse jeden Gedanken, jeden Farbfleck auf der Mauer, der nichts mit Kalpana zu schaffen hat.
Ich darf nicht dran denken, dass ich jetzt zurückmuss ins Recovery Home.
Ich darf nicht ans Abendessen denken.
Daran, was Housemother sagen wird, weil ich weg gewesen bin, wieder und wieder weg bin, einfach so.

Ich darf nicht dran denken, dass ich auf einmal so erschöpft bin, dass ich kaum noch gehen kann. Dass meine Augen brennen. Dass getrocknetes Blut meine Nase verstopft.

Ich darf nur an Kalpana denken.

Wie hat ihr Gesicht ausgesehen – wie?

Wie waren ihre Haare? Ihr Lächeln?

Ich weiß es nicht. Ich weiß es einfach nicht. Da ist etwas, das wie ein Mädchen aussieht. Fast wie ein Mädchen. Aber davor sind Schleier, nichts als Schleier.

SHAKTI

Die Nacht ist immer noch da draußen.
Wir sind drinnen und verstecken uns vor ihr. Aber es hilft nicht. Weil die Nacht unsere Träume frisst.
In mir sind keine Träume. In mir sind Vogelschwingen, die gegen eine unsichtbare Barriere schlagen. Ich denke und kann nicht aufhören zu denken. Ich finde keinen Schlaf.

Heute ist der Brother wieder da gewesen. Zusammen mit Nele-Sister. Wieder mit Nele-Sister.
Tanja-Sister ist auch von weither nach Kathmandu gekommen, um zu helfen und zu lächeln. Sie ist auch in Śaranas Haus im Stadtteil Bashundhara untergekommen. Wie die beiden. Aber besucht uns nicht mehr, im Recovery Home. Weil wir sie anfangs immer bloß geärgert haben und Raj nach ihren Brüsten gegriffen hat. Sie hat sogar angefangen zu weinen, obwohl ihr das nicht recht war.

Obwohl sie sich geschämt hat.
Sie verkraftet nicht viel. Fast nichts. Ich habe es gleich in ihren Augen gesehen, dass sie nichts verkraftet.
Wir alle haben es gesehen.
Jetzt bleibt sie weg, und Śarana hat ihr andere Aufgaben zugeteilt, so dass ihre Augen mehr Geborgenheit finden. Schön für sie.

Der Brother ist heute lange da gewesen. Den ganzen Nachmittag über. Housemother hat ihm Beaten Rice gekocht. Er hat geschaut, wie es um Ramanis Verletzung steht.
Da ist immer noch das Pflaster an ihrem Hinterkopf. Obwohl sie es gar nicht mehr braucht. Sie ist stolz auf ihre Verletzung. Als der Brother sich zu ihr gesetzt hat, machte sie wieder ein Gesicht, als wäre sie das ärmste Geschöpf überhaupt. Dabei geht es ihr prächtig. Keine Stunde vorher hat sie mir noch eine gewischt wegen fast gar nichts. Und gehässig gelacht hat sie.
Sie hat Glück gehabt, das ist alles. Jeder von uns hätte vom Bett stürzen können.
Ich habe gesehen, wie der Brother ihr durchs Haar fuhr, mit einer Bewegung, so weich wie ein Lufthauch.

Der Brother und Nele-Sister sind mit uns auf den Playground gegangen.
Ich bin die Siegerin gewesen.
Ich habe die anderen ausgestochen und bin Hand in Hand mit dem Brother gegangen.
Ramani musste an der Hand von Salma gehen, ihre Augen wie aus Glas schweiften haltlos und einfältig und beglückt über den Pfad, als wäre der nicht aus Sand und brauner Erde und kriechendem Getier und toten Fußspuren. Ramani hat es keinen Spaß gemacht, an ihrer Hand zu gehen. Das hat man gemerkt.
Der Weg zum Playground ist ja nicht weit. Nur ein Stück den Pfad hinunter und rechts abbiegen, und schon ist sie da – die brachliegende Fläche aus Erde und Unrat, Mulden und Senken. Mit der halbumgestürzten Mauer, gegen die man den Fußball schießen kann. Und der angebundenen Kuh, die immer da ist, friedlich und still. Auch wenn die Sonne auf ihr Fell brennt. Auch, wenn wir Kinder spielen und ihr Hintern einen Fußball abbekommt.
Die meisten Kinder in der Gegend spielen am liebsten Cricket. Ich sehe sie manchmal mit ihren Spanholzbrettern, die sie Schläger nennen, und der Dose, die sie als Ball benutzen.
Die Jungs bei uns im Recovery Home sind versessen auf Fußball. Und wir sind besser dran als die anderen Kinder. Weil wir einen richtigen Ball haben.

Der Brother kann sehr gut Fußball spielen. Er hat mir erzählt, dass das Land, aus dem er kommt, Weltmeister im Fußball geworden ist. Aber ich glaube, er wollte uns nur aufziehen. Nele-Sister kann überhaupt nicht gut spielen.
Sie traut sich gar nicht, richtig zu schießen, als hätte der Ball scharfe Zähne, die er nur versteckt.
Für sie würde es auch eine Dose tun. Das wäre kein Unterschied.
Ja, bis zum Playground ist es nicht weit.
Aber ich bin an der Hand vom Brother gegangen.
Ich habe seine Haut an meiner fühlen können.
Und das Land, aus dem er kommt.
In dem es grünt und grünt. Ich habe es gespürt, das Grün.

Ich hatte viel Zeit. Den ganzen Nachmittag über hatte ich Zeit. Bis Nele-Sister und der Brother wieder gegangen sind und ich beobachtet habe, wie sie sich auf dem Weg hinunter zu den Bussen Zigaretten angesteckt haben, wie immer.
Ich hätte es ihm leicht sagen können.
Ich hätte dem Brother leicht sagen können, dass Achanda sein Geld gestohlen hat. Ich hätte es ihm sagen können, aber ich habe es nicht gesagt.
Warum nicht?
Wenn ich es nur wüsste. Wenn ich nur wüsste, was

mit mir geschieht. Morgen. Und übermorgen. Und jetzt.

Ob ich wirklich mit dem Motorrad fahren werde, zusammen mit Achanda? Ob es schön sein wird?
Ob der Brother meine Hand gespürt hat, so wie ich seine gespürt habe?
Falls ja, dann hat er kein Grün darin gespürt.
Meine Hand ist rau, nicht weich wie seine. Kein bisschen weich. Und braun ist sie. Wie Erde. Wie verdorrtes Land. Der Brother kennt dieses Land nicht. Er kann es nicht kennen. Möchte es wohl auch nicht. Er möchte lieber nach Hause. So wie alle nach Hause möchten.
Aber Achanda – er kennt dieses Land in meiner Hand. Er kennt es gut. Er weiß, was darin verborgen ist. Und hat es gern. Hat es trotzdem gern. Er lässt es mich spüren, wie gern er es hat.

Achanda ist am Nachmittag nicht mit uns auf dem Playground gewesen. Housemother hat ihn losgeschickt, das Wasser für den Verschlag zu holen. Ich selbst bin ja dran schuld gewesen. Ich habe morgens alles verbraucht, um mich zu waschen. Aber das weiß niemand.
Als Achanda mit den Eimern zurückkehrte, hat er gelächelt. Noch strahlender als sonst. Auch als der

Abend kam, blieb es immer noch hell von seinem Lächeln.
Ich sehe es noch vor mir.
Beim Essen hat er neben mir gehockt, auf dem Küchenfußboden. Ich habe den schwachen Zigarettenduft gerochen, der von ihm ausging. Er hat fast nichts gegessen. Er hat mit seinen Fingern im Reis herumgemanscht und häufig zu mir gesehen.
Als Misha und ich am Küchenbecken standen und Housemother dabei geholfen haben, die Teller mit der Bürste sauber zu schrubben, kam er in die Küche, streunte um uns herum. Verschwand wieder.
Bei unserem Kerzenritual vorm Zu-Bett-Gehen saß er mir schräg gegenüber im Kreis.

Housemother ist ins Spielzimmer gekommen, das schon überflutet war von Nacht.
Sie kam herein mit ihrem leicht gekrümmten Rücken, von den Schmerzen.
Sie kam herein mit dem brennenden Teelicht, ist in die Mitte von unserem Kreis getreten, und Kiran war heute als Erster dran. Housemother ist vor ihm in die Hocke gegangen, und der unruhige Schein der Kerze fiel auf ihn, als sie ihren Satz sagte: *Möge ein Licht über deine Träume wachen!* Dann hat sie das Teelicht vorsichtig Kiran in die geöffneten Hände gelegt, und er hat sich Śaranata zugewandt, die ne-

ben ihm hockte. Und er hat sie angeschaut und hat auch gesagt: *Möge ein Licht über deine Träume wachen!* – und hat das Teelicht an sie weitergereicht. Und der Satz wurde noch viele Male gesagt – wie fast jeden Abend seitdem ich hier bin –, und die zarte Flamme wanderte immer weiter von einem kleinen, behütenden Nest aus Fingern ins nächste.
Die meisten Kinder sprechen den Satz schnell und unbedacht aus. Man hört, dass er ihnen nichts bedeutet.
Aber Achanda spricht den Satz feierlich aus, ganz egal, zu wem er ihn sagt. Als glaubte er wirklich daran, dass ein kleines Licht etwas zählt.
Zum Schluss hat Housemother die flackernde Kerze in die Mitte unseres Kreises gestellt. Auf ihr Zeichen haben wir alle kräftig gepustet, so dass die Flamme verlosch. Wir saßen im Dunkeln und haben in die Hände geklatscht und gejubelt. Das ist immer ein sehr fröhlicher Moment. Vielleicht der fröhlichste des ganzes Tages.

Ich hatte wieder vergessen, meine Zähne zu putzen. Ich putze sie überhaupt nicht gern, und Housemother tadelt mich oft deswegen.
Als ich draußen in der kalten Schwärze stand, mit der Zahnbürste im Mund, war Achanda auf einmal wieder in meiner Nähe.

Es gab keinen Strom, und alle Laternen waren aus, und der Fingernagel-Mond war zu schwach am Himmel. Ich konnte Achanda nicht gut erkennen. Aber ich habe seine Schritte gehört, die immer ein bisschen unruhig sind und dann ganz behutsam werden, wenn sie sich mir nähern. Und ich habe seine Stimme gehört.

– Heute war ein guter Tag, hat die Stimme gesagt.
  Ein wirklich guter Tag. Ich habe viel erreicht.
  Bald können wir losfahren, wir beide. Mit dem Motorrad. Du wirst es erleben.
  Du wirst erleben, wie schön es ist.
  Versprochen.

Das leise scheuernde Geräusch meiner Zahnbürste verstummt. Oder ich höre es nicht mehr. Er erzählt mir von dem Ort, den er mir unbedingt zeigen will – der Junge, mit der Stimme, die im Dunkeln spricht. Von dem Ort erzählt er, an den er mich mitnehmen will – auf den Hügel Swayambhunath. Der heilig ist. Wo die Tempelanlage errichtet wurde, in einer längst vergangenen Zeit. Erzählt mir von dem Tal, das damals, in der vergangenen Zeit, noch ein See war. Von dem Buddha, der einen Lotossamen in den See warf. Der Same sank auf den Grund des Sees, trieb Wurzeln aus. Aber die Lotosblüte, die daraus wuchs, trieb auf der Wasseroberfläche. Von ihr ging

ein blaues Licht aus, das noch in der Ferne zu sehen war. Die Kunde von dem Licht erreichte einen anderen Buddha, und er meditierte so lange, bis er mit dem Licht eins geworden war, sagt Achanda.
Er erzählt mir von dem Bodhisattva Manjushri, der ein ganzes Zeitalter später mit seinem Schwert die Berge durchschlug, damit der See abfließen konnte. So entstand das Tal – das Tal, in dem heute der Bagmati fließt. Und der Lotos ließ sich auf einem Hügel nieder, dem Hügel namens Swayambhunath. Den Hindus und Buddhisten verehren und der von Menschen aus der ganzen Welt besucht wird. Zu diesem heiligen Ort will er mich mitnehmen. Dem Hügel des blauen Lichtes.

– Da haben wir keine Sorgen mehr. Da ist Geborgenheit, und wir sind aufgehoben. Da wartet das Glück, sagt der Junge, der im Dunkeln spricht.

Aber was ist dann? Was ist, wenn wir an diesem Ort angekommen sind? Das hätte ich den Jungen fragen sollen.
Aber ich habe nicht danach gefragt. Ich habe mich stattdessen verschluckt. Weil ich nicht mehr dran gedacht habe, den Schaum der Zahnpasta auf den Steinboden zu spucken. Weil da sowieso kein Steinboden mehr war. Nur Schwärze, Schwärze. Und seine Stimme.

Wahrscheinlich war es richtig, dass ich nicht gefragt habe.
Ich glaube, ich fürchte mich davor, dass Achanda darauf keine Antwort kennt – selbst er, der Pläne schmiedet und so viel weiß.
Oder war das Glück seine Antwort? Das Glück, das auf uns wartet?
Aber was ist das Glück für uns zwei, die wir kein Zuhause haben? Nur ein Recovery Home, das in einem winzig kleinen Moment auflebt. Nur dort und nirgends sonst.

Rinki liegt neben mir auf dem oberen Stockbett und atmet.
Ich sehe ihr Gesicht. Ich sehe auch den Atem, der wolkig aufsteigt in der kalten Luft.
Rinki, fröhliche Rinki. Nie habe ich sie traurig oder verzweifelt erlebt wie die anderen Kinder. Ich weiß nicht, wie sie das macht. Welche Pforte in ihr offensteht oder verschlossen ist, fest verschlossen. Sogar jetzt im Schlaf sieht sie fröhlich aus, die Locken kommen unter der Mütze hervor. Der Wollmütze, die bunt ist, wenn es nicht Nacht ist.
Rinki, fröhliche Rinki. Morgen wird sie aufstehen und ihre Haare mit bunten Schleifen zu Zöpfen flechten. Und dann kann sie in die Schule gehen. Zusammen mit Prakash.

Ich darf nicht zur Schule gehen. Śarana entscheidet, wer darf und wer nicht. Es dürfen nur die Kinder zur Schule gehen, die sich schon etwas erholt haben. Etwas erholt von dem, was hinter ihnen liegt.
Wann habe ich mich erholt? Wann?
Und es dürfen nur die Kinder zur Schule gehen, von denen man weiß, dass sie länger hierbleiben müssen. Dass sie das Recovery Home wohl nicht so schnell verlassen können. Weil ihre Familien nicht gefunden werden oder sie nicht zurückhaben wollen. Vielleicht spielen noch andere Dinge eine Rolle, von denen ich nichts weiß. Von uns fünfzehn sind es momentan nur die beiden, die zur Schule gehen.
Ich darf nicht zur Schule gehen, nein. Obwohl ich nicht dümmer bin als Rinki oder Prakash. Und mein Englisch besser ist als das von beiden zusammen.
Aber ich vertraue Śarana.
Śarana will nur das Beste für uns. Für mich. Er weiß, was er tut. Und es gibt Trost. Hier, nur hier ist der Brother. Wenn ich zur Schule müsste, würde ich ihn kaum sehen.

Unter mir ist das unheilvolle, japsende Träumen von Misha. Ich sehe sie nicht, aber ich weiß, dass es nur ihr Träumen sein kann, das so klingt. Es rasselt in ihrer verstopften Nase. Es dröhnt in ihrem Kopf. Und ich weiß, dass ihre kleine Hand nach den

Haaren von Ramani tastet. Das beruhigt sie immer ein wenig. Das weiche, umschmeichelnde Gefühl an den Fingern, das keine Schmerzen verursacht. Keine Schmerzen. Sie selbst hat ja zur Zeit keine Haare mehr. Nur noch winzige Stoppeln. Housemother hat sie vorgestern abrasiert.

Ich lasse eine Blähung abgehen und genieße es. Genieße den Geruch, der in der kühlen Luft über die Mädchen streicht. Eine kleine Ausdehnung von mir selbst. Auch, wenn es nur Fäulnis ist.

Aus dem Zimmer der Jungs dringt Weinen herüber. Es ist ein beharrliches Weinen. Es wird nicht müde. Es ist Tarun, der weint. Wie fast jede Nacht. Am Anfang hat es alle verrückt gemacht. Mittlerweile haben sie sich dran gewöhnt, dass er weint. Keiner achtet mehr darauf. Es ist wie ein Schweigen geworden, das Weinen. Ganz genau wie ein Schweigen.

Ich mag Tarun nicht. Ich werde nicht schlau aus ihm. Er ist zornig, oder er weint. Oder er haut ab. Gestern ist er wieder abgehauen. Als er auftauchte, sah er gar nicht gut aus. Er hat geheult. Wollte aber nicht sagen, was passiert ist. Vielleicht bleibt er nicht mehr lange hier. Housemother meinte, dass man ihn bald woanders hinbringt, wenn er sich nicht zusammenreißt.

Und draußen ist die kalte Weite der Nacht, die nicht nachgibt. Noch lange nicht.

Noch sieben Tage

SHAKTI

Der Tag ist angebrochen, doch noch. Die Fensterluken sind aufgestoßen worden, und die Sonne hat weiße Fäden durch die Löcher der Gardinen gesponnen.
Housemother hat Vishnu geehrt und den heiligen Basilikumstrauch vor dem Haus mit Wasser bedacht. Der dünne Wasserstrahl, der aus ihrer Kanne kam, schimmerte wie flüssiges Licht in der Morgenfrühe. Sie hat ihre Gebete entsandt. Wie so viele Menschen unter dem Shivapuri. Es ist eng dort oben in den Lüften, von Gebeten.
Unsere beiden Schüler sind in die Frühe hinausgetreten. Wie ein Liebespaar. Trugen die Farben ihrer Uniformen hinaus in den Tag. Der Geruch der Räucherstäbchen, die zu Beginn eines jeden Tages angezündet werden, schwebte durch unsere Zimmer. Um die Nacht auszutreiben, haben wir die Böden im Flur und in der Küche feucht gewischt, und sie

atmeten reine, saubere Kühle. Um die Nacht auszutreiben, haben wir Mädchen Housemother dabei geholfen, Gemüse zu schneiden, für den Reis. Anderes Gemüse haben wir zum Trocknen nach draußen gelegt.
Der Tag ist angebrochen, doch noch. Aber es hilft nicht.
Der Tag ist da, aber der Brother nicht.

Nur Nele-Sister ist da. Der Brother ist heute anderweitig beschäftigt. Er muss Schreibarbeiten erledigen für Śarana.
Sie lernt mit uns ein neues Gedicht. Auf Englisch. Es handelt von einem Elefanten, der davon träumt, klein zu sein. So klein wie eine Maus. Der Elefant interessiert mich nicht. Soll er doch träumen. Die Kinder können auch träumen, aber sie können nicht gut schreiben. Fast gar nicht. Die meisten malen einfach die Buchstaben ab. Auch Achanda. Er tut nur so, als könnte er schreiben. Wahrscheinlich tut er auch nur so, als wäre da ein Motorrad, das uns auf einen Hügel fährt.

Jetzt malen wir keine Buchstaben mehr, sondern Bilder. Mit Buntstiften.
Als ich meinen Buntstiftkasten öffne, finde ich etwas Unerwartetes.

Ich finde eine längliche, dünne Blume. Eine gefaltete Blume aus Papier.
Ich weiß, dass ich mich darüber freuen soll. Aber ich freue mich nicht. Aber plötzlich freue ich mich um so mehr. Ich freue mich, weil ich etwas beschließe. Ich beschließe, diese Blume, die Achanda für mich gebastelt hat, bei nächster Gelegenheit dem Brother zu schenken.

Ich werde lügen. Wie Achanda lügt.
Ich werde dem Brother sagen, ich hätte die Blume selbst gebastelt. Für ihn.
Er wird sie schön finden.
Und vielleicht werde ich ihm doch noch erzählen, wer sein Geld gestohlen hat …

TARUN

Ich schaue ihn an. Mit durchdringendem Blick. Ich schaue ihm tief ins Auge, dem Tag. Und gebe mir Mühe, so selten wie möglich zu blinzeln. Ich schaue ihm ins Auge. Immer noch.

Ich sehe den Steinboden vor unserem Haus, der eine gleißende Helle ist im Vormittag. Ich sehe Nele-Sister mit ihrem dünnen Pullover, der unter den Armen dunkel ist von Schweiß. Ich sehe Raj. Die anderen Kinder.

Doch sie, *sie* sehe ich nicht. Ich kann sie nicht sehen. Sosehr ich mich auch anstrenge.

Die Hitze des Steinbodens erzeugt ein brennendes Gefühl an meinen Fußsohlen, dringt aber nicht in mich hinein.

Meine Augen schmerzen. Sie schmerzen.

Ich muss es sehen, ihr Gesicht. Endlich wiedersehen. Ich muss es schaffen, mich an das Gesicht zu erinnern. Sonst ist sie tot. Wenn ich es nicht schaffe,

mich an Kalpanas Gesicht zu erinnern, dann wird sie sterben.
Vielleicht ist sie's schon … vielleicht. Und ich bin hier. Und kann nichts tun. Gar nichts.

Ich schaue auf das Plakat, das Nele-Sister mit den Klebestreifen auf dem Eisenzaun befestigt hat. Das Plakat, auf das sie mit dem dicken Farbstift die Zeilen vom Gedicht schreibt. Eine nach der anderen. Sie schreibt die Zeile hin und spricht sie mit ihrer blechernen Stimme vor, und der Farbstift wird zum Zeigestock. Sie spricht die Zeile vor. Langsam. Immer und immer wieder. Und die Kinder malen sie ab und sprechen sie nach. Langsam. Immer und immer wieder.
Ich halte mein Schreibheft in der Hand. Genauso wie den Bleistift. Aber von dem Gedicht ist bislang nichts in meinem Schreibheft. Kein Strich. Und auf meiner Zunge ist auch nichts von dem Gedicht. Kein Laut von dem Gedicht ist auf meiner Zunge.
Raj schlurft mit seinem Schreibheft nach vorn, um es Nele-Sister zu zeigen, damit sie kontrollieren kann, ob er bislang alles richtig gemacht hat. Die Kinder wollen immer hören, dass sie das Richtige tun. Sie wollen es immer hören, weil sie das Richtige nicht kennen. Sie kennen nur das Falsche. Das aber kennen sie gut.

Als er an mir vorübergeht, wirft Raj einen Blick auf meine leere Seite und zischt mir zu, dass ich zu blöd bin. Ich reagiere nicht darauf. Ich reiße mich zusammen.
Als er sich das Lob von Nele-Sister geholt hat, kommt er wieder an mir vorbei, und diesmal zischt er, dass ich bald woanders hinkomme und dass alle froh sind, wenn ich endlich weg bin.
Da packe ich ihn mit beiden Händen am Hals und drücke fest zu, so dass er fast keine Luft mehr kriegt, und dann schleudere ich ihn seitwärts zu Boden.
Ich höre Nele-Sisters Stimme, und Nele-Sister reißt mich weg, bevor ich mich auf ihn stürzen kann. Ich hätte mich aber sowieso nicht auf ihn gestürzt. Ich habe gar keine Lust mehr darauf. Raj ist es nicht wert. Und da sind andere Dinge in meinem Kopf. Ganz andere Dinge.
Das Gesicht von Nele-Sister ist vor meinen Augen, riesig, hell, mit roten Flecken, und sie redet mit wütender, schuldbewusster Stimme auf mich ein. Ich verstehe aber keines ihrer Worte.
Shakti übersetzt. Sie sagt, ich soll nach draußen gehen vor den Eisenzaun, um Luft zu schnappen und zur Ruhe zu kommen. Und das ist mit Abstand das Beste, was sie mir hätte sagen können.
Ich darf aber nicht abhauen, ruft sie mir nach. Ich

muss in der Nähe des Tors bleiben. Ganz in der Nähe des Tors.
Ist mir recht. Ich habe nicht vor abzuhauen. Es hilft kein bisschen. Das weiß ich mittlerweile. Ich spüre es. Ich spüre es, so wie ich die Anwesenheit der Nacht spüre. Auch jetzt, in der grellen Helle.
Aber als ich draußen bin, da weicht sie mit einem Mal zurück, die Nacht. Immer weiter zurück weicht sie, und ich kann freier atmen. Und das Licht über dem langen, abfallenden Pfad scheint mir auch gar nicht mehr grell zu sein, sondern weich und ganz sanft, so dass die Augen nicht mehr schmerzen, sondern ausruhen können.

Und dann ist es da, das Mädchen. Es kommt auf mich zu. Und ich sehe es. Ich sehe die vorsichtigen Füße in den Slippers, ihre längliche Gestalt, die fleckige Kurta.
Ich sehe ihr Gesicht. Sehe es, als wäre es nie verschwunden gewesen. Die kleine Beule auf der Stirn. Die Augen, so dunkel und offen. Und die Grübchen, die das Lächeln begleiten.
– Du schon wieder, sagt das Mädchen. Namaste.
  Ich habe dich schon gesucht. Ich muss wieder Kräuter beim Heiler holen, und ich dachte mir, dass ich kurz bei dir vorbeischaue, um zu sehen, wie es dir geht.

Ich möchte ihr etwas antworten. Ich möchte ihr ruhig und gefasst und beiläufig antworten, aber es ist schwierig. So schwierig ist es, weil es jubelt unter meiner Haut. Und meine Schläfen, sie pochen. Und pochen.

Ich erzähle ihr, dass ich im Haus der Maharani gewesen bin. Dass da ein Mann war, der mich verprügelt hat. Ich erzähle ihr, dass ich befürchtet hatte, ihr wäre etwas zugestoßen. Dass ich ein Fenster eingeschmissen habe.

Dass ich glücklich bin, sie zu sehen.

So glücklich.

Und ich erzähle ihr, dass ich sie befreien werde. Schon bald. Dass sie auch in dem Haus wohnen wird, wo die Kinder sind.

Wo es ihr gutgeht.

Das Mädchen sieht mich freudig und staunend und, ja, auch ein bisschen eingeschüchtert an.

– Du bist vielleicht ein kleiner Junge, sagt Kalpana. Aber du bist auch ein Held.

– Mit wem hast du denn gesprochen?, fragt Shakti, als ich zu den anderen zurückkehre.

– Das geht dich nichts an, sage ich.

Der Nachmittag hat die Farbe reifer Früchte. Aber die Kinder sehen nicht viel davon. Wollen nichts

davon sehen. Sie sitzen im Spielzimmer auf dem Boden.
Die Kinder sind müde heute. Und deshalb brav.
Und ich bin auch brav. Ich habe mich sogar bei Raj entschuldigt, weil ich auf ihn losgegangen bin.
Man hört das Geräusch, das der trockene Beaten Rice macht, der aus kleinen Tüten gekramt wird und den die Kinder in ihre Münder stecken.
Housemother ist auch da, im Zimmer. Sie trinkt eine Tasse Chyaa.
Manche der Kinder malen mit ihren Buntstiften. Andere sehen in den Kasten mit dem grünlich flimmernden Licht. Es sind Bilder drin, die sich bewegen.
Ein lustiges Geschöpf, das vielleicht ein Hase ist. Vielleicht aber auch nicht.
Ich sehe in den flimmernden Kasten. Aber ich sehe keinen Hasen. Ich sehe etwas anderes. Ich sehe ein Gesicht, das wunderschöne Gesicht eines Mädchens. Zwei dunkle Augen, die ich nicht mehr vergessen werde. Nie mehr.

Auf einmal steht Śarana in der Tür, er hält seinen Motorradhelm unter dem Arm.
Die Kinder springen auf und umringen ihn.
Ich springe auch auf.

Ich bin froh, dass er da ist.
Ich muss mit ihm sprechen. Dringend.
Die Kinder hängen an ihm wie kleine Affen am Leib der Mutter.
Freude überstrahlt sein schönes Gesicht mit den weichen, gesunden Wangen.
Er ist gekommen, um mit Achanda zu sprechen.
Nur mit Achanda. Mit niemandem sonst.

ACHANDA

Śaranas Augen lassen einen an das Licht glauben, obwohl sie dunkel sind.
Er sitzt mir gegenüber auf dem Boden im Schlafzimmer der Jungs.
Er trägt die kurze, mattschwarze Jacke, die Falten wirft und knirscht, wenn er sich bewegt. Die Jacke, in der sich Śarana seinen Weg bahnt durch die Tage. Selbstbewusst. Vertrauensvoll. Und allen Hindernissen ausweicht.
Der Nachmittag dringt durch das Fenster. Der Nachmittag, der die Abendschatten erahnen lässt.
Śarana redet schon eine geraume Weile mit mir. Er redet mit mir, als wäre ich kein unbedeutender Junge, sondern jemand, dessen Bedürfnisse wichtig sind. Etwas zählen.
Meinetwegen ist Śarana heute ins Recovery Home gekommen. Nur meinetwegen.
Er hat die Tür zugemacht.

Shakti, Raj und die anderen müssen draußen bleiben. Müssen spielen und vor Neugierde fast zerplatzen. Müssen draußen bleiben und warten, bis unser Gespräch beendet ist.

In mir ist Aufruhr. Aber auch Stille. Vor allem die. Die Stille, die jeden überkommt, wenn Śarana redet.

Von der siebenstündigen Fahrt erzählt er mir, die ihn gestern aus Kathmandu hinausgeführt hat, noch lange, bevor die Sonne aufging. Śarana ist durch das rauchdurchzogene Schwarz der Stadtpfade gefahren, wo kleine Feuer züngelten. Sein Scheinwerfer schnitt einen scharfen weißen Weg aus der Nacht.

Er fuhr auf schadhaften, ländlichen Pfaden, wo Ziegen, Hühner, Ochsen und andere Tiere liefen. Er fuhr zwischen großen, schnaufenden Bussen in Senken hinab und die Hügel hinauf, immer weiter, bis das tiefe, dichte Grün aus dem taubengrauem Dämmerlicht hervorkam und zu leuchten begann und das dunkle Strömen zu einem Fluss wurde, der rauschte und die Richtung vorgab. Bis Śarana in die Gegend kam, von der aus meine eigene Reise einmal begonnen hat. Die Reise, die mich fortbrachte. Und nicht mehr zurück.

Śarana sagt den Namen Sindhuli. Shinduli, das ist der Name eines Distriktes. Der Name, den ich in mir trage und der manchmal wie Säure in meiner Kehle aufsteigt. Ganz plötzlich. So wie jetzt.
Ich habe gehört, dass der Name von einem König stammt, der einmal über das Gebiet geherrscht hat. Und der Hügel ist dort. Der Hügel, wo der Heilige Siddha Baba zur Erleuchtung kam.
Śarana erzählt von dem kleinen, wendigen Mann mit dem Gesicht einer Fledermaus. Und dem Lächeln, das Versprechungen macht, die selten gehalten werden können. Aber ein Versprechen hielt das Lächeln. Das Versprechen, auf das Śarana gebaut hat. Śarana hat den Mann vorher schon zweimal getroffen und sein Lächeln auf die Probe gestellt. Der Mann konnte Śarana den entscheidenden Hinweis geben. Der Mann hat Śarana zu dem Haus geführt.

Auf dem schmalen, steilen Weg, der zum Haus hinaufführte, lagen Kieselsteine und Geröll weiß und trocken in der Sonne. Heller Staub wirbelte auf, als sich Śaranas Motorrad hinaufkämpfte. Als er bei dem Haus ankam, waren da Kinder. Viele Kinder. Mädchen und Jungen. Die fünf, die zu der Familie gehören. Und noch andere. Sie haben Śarana umringt. Sie haben gelacht.
Ein Mädchen durfte mit Śarana gemeinsam die

letzten Meter zum Haus fahren. Das Haus liegt ein wenig außerhalb des kleines Ortes. Blickt über die Ebene zu den Hügeln hinüber. Es ist aus Stein. Es hat ein Dach aus Blech. Es hat Fenster mit Stäben, die die grelle Sonne abhalten. Es ist umgeben von schattigem Bambus. Drinnen ist der Raum für die Familie. Das Bett, der Teppich, der Ofen. Und die vielen bunten Flecken der Klamotten, die herumliegen. Oben in der Decke sind Löcher, aber sie sind mit Plastik abgedeckt. Es ist ein gemütliches Haus. Es ist ein Paradies.

– Die Frau war da, sagt Śarana. Und der Mann. Der Mann, der dein Onkel ist. Lange bin ich dort gewesen, in dem Haus. Und habe mit ihnen geredet. Und als ich mich verabschiedet habe, haben sie gesagt, dass ich dich mitbringen kann beim nächsten Mal. Dass sie dich gern wiedersehen würden.

Für ein paar Herzschläge lang sagt Śarana nichts mehr. Aber dann sagt er:

– Du weißt, was das bedeutet, nicht wahr?

Śarana braucht mich nicht zu fragen. Ja, denke ich. Ich weiß es ganz genau.

Trotzdem muss ich laut aussprechen, was es bedeutet. Ich muss meine eigene Stimme hören. Hören, wie sie diesen Satz sagt:

– Es bedeutet, dass sie mich vielleicht bei sich aufnehmen werden.
– Ja, sagt Śarana.
Ich spüre, wie ich mich in mich zurückziehe. Dahin, wo mir niemand folgen kann. Wo all die Erinnerungen sind.

Schemenhaft sehe ich den Mann, der uns manchmal besucht hat, als ich noch klein war. Sehr klein. Seine Stimme wie ein Grollen des Himmels. Das aber nichts Schlimmes verhieß. Sondern einfach sagte: Ich bin da. Wie die uralte Stimme der Natur.
Ich sehe kein Gesicht. Aber ich sehe die vernarbten Hände, die mit dem Messer eine Mango zerschneiden. Eine Mango, die der Mann, der mein Onkel ist, extra für uns mitgebracht hat. Ich weiß noch, dass das Fruchtfleisch leuchtend gelb war. Und wie weich es sich im Mund angefühlt hat. Und wie süß der Saft war, der an den Fingern klebte.
Und nun kommt der Mann wieder auf mich zu. Schemenhaft. Sagt noch einmal: Ich bin da.
Er wird älter geworden sein. Und seine Hände noch zerfurchter. Und ich bin auch älter geworden. Fast schon erwachsen.
Meine Geschwister, mit denen ich mir die Mango geteilt habe, gibt es nicht mehr. Alle sind der Reihe nach geholt und fortgebracht worden. Bis nur noch

ich übrig blieb. Nur ich. Und der Morgen kam, an dem der Mann mit der Brille auftauchte, in deren dunklem Glas ein kleiner Junge zu sehen war: ich selbst.

Nachdem alle Kinder fortgeschickt worden waren, ist auch mein Vater aufgebrochen – wie Śarana herausgefunden hat, in ein anderes Land gefahren, um Arbeit zu finden. Manchmal kam er zurück und brachte Geld. Dann kam er nicht mehr zurück.

Ama ist auch abgeholt worden. Aber nicht von einem Mann. Nicht, um zu arbeiten. Sie ist fortgeholt worden von der Einsamkeit. Von fürchterlichen Ahnungen und Gedanken. Eine Zeitlang ist sie in einem anderen Haus untergekommen. Bei einer Familie. Die Kinder dort haben Ama alte Katze genannt. Weil sie so struppig ausgesehen hat und aus der Schale schlürfte, die für die Katzen war. Dann hatten die Katzen die Schale wieder für sich allein. Dann ist die Ama, meine Ama, verschwunden. Und niemand hat sie je wiedergesehen.

Aber da ist noch ein anderes Haus, ganz in der Nähe, im District Sindhuli. Ein Haus, dessen Duft aus weiter Ferne zu mir dringt. Süßlich wie Mango.

– Wir werden gemeinsam dorthin fahren, sagt Śarana. Schon bald. In wenigen Tagen. Ich freue mich sehr für dich. So viel Zeit ist vergangen.

So viel Zeit, in der du dich gedulden musstest. Und ich keine Neuigkeiten für dich hatte. Aber jetzt … aber jetzt …

Er lächelt.

Ich versuche, das Haus vor mir zu sehen. Die Bambussträucher. Die Kinder, die dort leben. Meinen Onkel und meine Tante. Und es kommt mir so vor, als könnte ich dort glücklich sein. Wirklich glücklich.

Doch plötzlich bricht das Glück zusammen. Ich weiß, dass ich nicht in dem Haus von meinem Onkel bleiben kann. Ich weiß, dass ich nicht dortbleiben will. Ganz egal, was der Onkel mir vorschlagen wird.

Es gibt einen Grund dafür. Einen Grund, an den nichts heranreicht. Kein Duft aus weiter Ferne, keine neue Familie.

Ein einziger Grund: Shakti.

Die Dunkelheit senkt sich über die Hügel, und die Kühle dringt durch sein räudiges Fell. Tagelang hat er kaum gefressen, ein paar Reiskörner aufgeschleckt, die wenigen Zähne zermahlen keine Knochenreste mehr. Aber da ist ein Ort. Ein Ort, den er ansteuert, wenn die Nacht kommt.

Die Alte hat ihn schon gesehen. Sie hockt auf dem Boden vor ihrem Haus. Ihre Bewegungen verraten Freundlichkeit. Wie immer spürt er ihr Wohlwollen. Seine Nase wittert nicht den Geruch des Hasses wie bei den meisten Menschen, wenn er deren Häusern für ein paar Bissen Abfall zu nahe kommt. Die ihn mit langen Stöcken prügeln und verjagen, und er die Schatten sucht, um seine Wunden zu lecken. Die Augen der Alten sagen: Hab keine Angst, komm näher.

Langsam stemmt er sich die wenigen Stufen zu ihrem Haus hinauf. Er spürt die Kühle des Steinbodens unter seinen brennenden Pfoten. Er wittert den Geruch,

der die Alte umgibt und der mit seinem auf eine Weise verwandt ist.
Warte hier, scheint sie zu sagen, und er nimmt wahr, wie sie mit ihrer Hand auf eine Stelle auf dem Boden zeigt. Dann geht sie ins Haus. Langsam lässt er seinen alten Körper auf die Steinplatten sinken.
Sie kommt zurück und stellt eine Schale Wasser und ein paar Essensreste vor ihn auf den Boden. Dann setzt sie sich auf ihren alten Platz neben dem Eingang und sieht ihn an.
Seine Gier flackert leise auf, wie früher, als er in den Hügeln mit seinen Brüdern um jeden Hühnerknochen kämpfte. Jetzt folgen die gebrechlichen Beine nicht mehr. Er erhebt sich langsam und beginnt zu fressen.
Als er wieder die Kraft in der Tiefe spürt, hört er zu fressen auf. Er fährt mit seiner Nase über die Steinplatten, dann reckt er sie in die Luft. Es nützt nichts. Die Kraft in der Tiefe hat keinen Geruch. Aber er spürt, wie mächtig sie ist. Und für wenige Momente kann er es wieder spüren, das Leben, das einmal in ihm gewohnt hat.
Instinktiv versucht er in Fühlung mit der Alten zu gehen und nimmt wahr: Sie hat nichts bemerkt von der Kraft in der Tiefe.

Noch sechs Tage

SHAKTI

Ich bin aus Stein. Ich bin aus Stein und darf mich nicht bewegen.
So lange, wie es dauert, bis eines der Kinder den beiden Fängern Kiran und Ramani entkommt und mich befreit und ich wieder leben darf. Leben und lachen und rennen, über den Playground. Meine Hand ist ausgestreckt.
Nele-Sister ist gerade auch versteinert. Aber nicht der Brother. Der Brother ist frei und entwischt den Händen der Fänger. Den Hut hält er in seiner Faust, weil er schon ein paar Mal heruntergefallen ist.
Vielleicht wird es die Hand vom Brother sein, die mich wieder leben lässt.
Vielleicht, vielleicht.
Meine Hand wünscht es sich.
Die Hände vom Brother können viel. Seine Hände können eine Wunde verarzten oder den kleinen Raj hoch in die Luft werfen und ihn wieder auffangen.

Seine Hände können auf dem Instrument mit den sechs Seiten spielen. Er kann damit Klänge erzeugen, die von seiner Heimat erzählen.
Meine Augen heften sich auf den Brother. Sehen, wie er auf dem Playground herumläuft. Ob seine Hand vielleicht merkt, dass meine wartet? Es scheint nicht so.

Nur für einen einzigen Mann habe ich bisher etwas ähnliches empfunden. Es ist noch nicht lange her. Es war der Mann, der damals mit mir nach oben gegangen ist. In dem Haus, in dem es viele Türen gab, aber keinen Ausgang. Er hat nicht ausgesehen wie die anderen. Er kam von weither.
Als er wieder angezogen war, hat er mir eine eingerissene Karte gegeben mit seinem Namen drauf, den ich nicht lesen konnte. Er hat gesagt, er würde wiederkommen. Er hat gesagt, er würde mich und die anderen Mädchen holen kommen. Wir bräuchten unsere Augenlider nicht mehr mit einem Kholstift anzumalen und unsere Lippen rot blühen zu lassen wie Rhododendron. Nicht mehr mit den Männern gehen. Er würde uns holen kommen, und wir wären frei. Er war ein netter Mann. Als er fort war, habe ich lange auf ihn gewartet. Im dämmrigen Licht der Korridore des Hauses. Sein Gesicht war still und ein bisschen traurig. Ich dachte, es wäre schön. Ich

habe es mir ganz genau eingeprägt. Ich dachte, das Gesicht gibt es nur so lange, wie es in meiner Erinnerung ist.
Seine Karte habe ich zerrissen, damit sie niemand findet. Wir durften nichts annehmen. Gar nichts.
Eines Tages kam der Mann zurück. Er war nicht allein. Und das Haus, das unser Gefängnis gewesen war, gab es danach nicht mehr. Wie die Dunkelheit einer zurückliegenden Nacht. Aber einer Nacht, auf die nie wirklich ein Tag folgt.
Er war ein netter Mann. Nicht oft wollte er, was die Männer wollen. Er hat dafür gesorgt, dass ich Englisch lernen kann. Wie die anderen Mädchen, die durch ihn und seine Leute befreit wurden.
Jetzt bin ich in einem anderen Haus, in das die Sonne hineinscheint und wo ich spielen und essen und schlafen kann, auch wenn ich auf der Hut bin, weil ich nicht weiß, ob das hier wirklich Freiheit ist. Aber manchmal, manchmal, fühlt es sich so an.
Jetzt habe ich den Brother gesehen. Jetzt weiß ich, dass der Mann mit dem traurigen Gesicht, der damals zu mir kam, nicht schön war.

Die Hand, die meine auf dem Playground abklatscht, damit ich wieder rennen kann, ist nicht die Hand vom Brother. Sie gehört Achanda, der den beiden Fängern entkommen ist und von links gelau-

fen kam, um mich zu befreien. Es ist nur eine kurze, hastige Berührung, mehr nicht. Aber sie reißt mich aus meinen Gedanken. Meinen Gedanken, die dem Brother gehörten.
Bestimmt hat Achanda das gewusst.
Auf einmal fühle ich mich nicht mehr ganz wohl in meiner Haut. Auf einmal fühle ich mich ein bisschen schuldig.
Blöder Achanda.
Es ist mir sowieso nicht recht, dass er da ist. Dass er mit uns gekommen ist, auf den Playground. Wäre er doch fortgegangen, wie so häufig. Um durch die Gegend zu streifen. Um seinen geheimen Geschäften nachzugehen.
Aber nein, er musste mitkommen.

Der Brother wollte sofort mit uns auf den Playground gehen. Nele-Sister und er waren heute kaum im Recovery Home angekommen, da sollte es schon losgehen.
Mir blieb keine Zeit, um zu überlegen, was zu tun ist. Wann die beste Gelegenheit ist, dem Brother Achandas Blume zu schenken. Heimlich, ohne dass es jemand mitkriegt. Vor allem Achanda darf es nicht mitkriegen.
Was weiß ich schon? Was weiß ich, wann der Brother wiederkommt?

Also habe ich die Blume in meine Jackentasche gesteckt und sie mit hierher genommen.
Ich werde sie dem Brother überreichen. Ich muss es tun. Ich kann nicht anders.
Der Augenblick wartet nicht auf ein Mädchen, das Shakti heißt.
Es wird auch nicht allzu schwer sein. Ich muss ihm nur die Blume übergeben. Es wird schnell gehen. Ich kann es bestimmt auch hier auf dem Playground so anstellen, dass Achanda es nicht sieht.
Und wenn er es sieht?
Soll er doch.
Er kann froh sein, wenn ich dem Brother nichts von dem gestohlenen Geld erzähle. Dann wäre Achanda verloren. Dann wäre er nicht mehr der kluge Junge, den alle schon für fast erwachsen halten. Und der sich wie ein Erwachsener aufspielt. Dann wäre er einfach ein Dieb. Ja, vielleicht sollte ich dem Brother von dem Geld erzählen.

Aber da ist etwas wie ein Schmerz und doch kein Schmerz. Wie Zärtlichkeit und doch keine Zärtlichkeit. Ein Gefühl, das mit Achanda zu tun hat und das mich daran hindern will, zum Brother zu gehen. Um ihm die Blume zu schenken. Um ihm überhaupt irgendetwas zu geben oder zu erzählen.
Es geht nicht anders. Ich muss wieder zu Stein

werden. Innerlich. Als Achanda mich berührt hat, konnte ich nicht mehr aus Stein sein.
Ich werde dagegen ankämpfen. Zumindest jetzt. In diesem Augenblick. Um zu sehen, was geschieht. Wie weit eine Hoffnung reichen kann. Um zu sehen, wie Achanda verblasst, in den Himmeln, die in den Augen vom Brother leuchten.
Der Zufall kommt mir zur Hilfe. Housemother erscheint auf dem Playground und bittet Achanda, zurückzukommen zum Recovery Home. Śarana ist dort und wartet auf ihn. Śarana will mit ihm sprechen.

Es ist leicht, so leicht. Die Vormittagssonne lässt den Playground erstrahlen. Einige der Jungs spielen Fußball, jagen über die unebene Fläche, und ihre hellen Stimmen fallen ineinander. Am Rande des Spielfeldes singt Nele-Sister mit Misha und Ramani, sie klatschen sich in die Hände und klopfen sich auf die Finger, im Takt der Silben des Liedes.
Über die Höhen klettert der Greifvogel. Seine Schwingen schneiden durch die diesige Luft. Der gelbe kräftige Urinstrahl der Kuh versickert in der Erde. Der Mann, der so oft am Playground herumlungert, hüllt sich in grimmiges Schweigen, das die Anwesenheit des Brothers ihm aufgezwungen hat.

Es ist leicht, so leicht. Der Brother sitzt auf der Erde, um eine Pause einzulegen. Als ich an ihn herantrete, rieche ich seinen zitronigen Duft, der sich mit seinem Schweißgeruch vermischt. Er sieht mich an. Ich gehe in die Hocke. Ich hole die Blume hervor und reiche sie ihm. Ich sage, dass ich sie für ihn gebastelt habe, nur für ihn. Er sieht mich an.

– Danke sehr, sagt er.

Er sagt nicht: Thank you very much.

Er sagt: Danke sehr. Auf Nepali.

Mit seiner männlichen, fremden Stimme. Und er spricht es fast richtig aus.

Er sagt es nicht besonders laut, und er schaut die Blume in seinen Händen nur kurz an. Er hält sie zwischen den Fingern, aber er schaut zu Raj hinüber, der den Fußball gegen die halb eingestürzte Mauer schießt und dabei einen seiner Slipper verliert. Der Slipper segelt durch die Luft.

Der Brother lächelt.

Ich schaue auf die Blume in seiner Hand. Jetzt tut es mir um die Blume leid. Um Achandas Blume. Die er gebastelt hat.

Nur für mich.

Ich möchte sie am liebsten sofort wieder zurückhaben. Ich wehre mich gegen dieses Gefühl. Es ist plötzlich ganz stark.

Ich möchte die Blume zurückhaben.
Aber es geht nicht mehr. Es ist zu spät.
Und dem Brother zu erzählen, wer sein Geld gestohlen hat, das kommt auf einmal nicht mehr in Frage, nein.
Jetzt ist die Scham da.
Ich schäme mich dafür, dass ich es überhaupt vorgehabt habe.
Dass ich vorgehabt habe, Achanda zu verraten.
Den einzigen Menschen, dem wirklich etwas an mir liegt.
Der Brother steht auf.
Er sieht mich an. Einen kurzen Moment lang.
– Danke sehr, sagt er noch einmal. Nice Flower. Not bad.
Er steckt die Blume in seine hintere Hosentasche und marschiert los, um mit den anderen Fußball zu spielen.

Ich sehe, wie er anfängt zu rennen und Raj den Ball abluchst.
Sehe, wie er rennt und lacht, lacht und rennt.
Wie hochgewachsen und schön und leichtfüßig er ist.
Wie wenig muss ihm eine kleine gefaltete Blume aus Papier bedeuten!
Wie viel bedeutet sie mir!

Ich lasse die Fußballer zurück. Ich laufe in Richtung von Nele-Sister und rufe ihr zu, dass ich zurück ins Recovery Home will.
Sie erlaubt es mir.
– Ist denn alles in Ordnung?, fragt sie noch.
– Ja, alles in Ordnung. Ich bin bloß müde.

Im Recovery Home ist schattige Ruhe.
Die Räume erholen sich von dem Lärm der Kinder. Housemother, die im Spielzimmer auf dem Boden liegt und schläft, atmet sehr leise. Arme Housemother. Mit ihren Schmerzen. Wie lange wird es noch dauern, bis die anderen erfahren, was ich schon weiß? Ob es Śarana weiß? Wahrscheinlich weiß er es. Aber er ist gnädig. Er setzt sich für die Frauen ein. Für ihre Rechte. Śarana ist immer gnädig.
Hoffentlich ist er es.

Dann höre ich die Stimmen. Sie kommen aus dem Schlafzimmer der Jungs. Die Tür ist verschlossen, aber die Stimmen dahinter kann ich trotzdem gut verstehen.
Es ist Śaranas Stimme, die spricht, und es ist Achanda, der leise, höfliche Geräusche macht und dann und wann ein Wort sagt.
Es ist nun schon das zweite Mal, dass sich die beiden zurückziehen, um zu reden. Beim ersten Mal

hat sich niemand von uns getraut, an der Tür zu lauschen. Weil Housemother Wache gehalten hat. Aber jetzt schläft Housemother. Und niemand sonst ist da. Und ich lausche.

Ich höre, dass Śarana und Achanda zusammen fortfahren werden. Schon bald.

In ein paar Tagen.

Um Achandas Onkel zu besuchen.

Ich höre, dass Achanda vielleicht von seinem Onkel aufgenommen wird. Wenn er einen guten Eindruck macht. Wenn er brav ist.

Und dort bleiben darf. Für lange. Vielleicht für immer.

Vielleicht, vielleicht.

Ich höre es, und da sind plötzlich keine Tür und keine Wände mehr. Eine erschreckende Leere ist da.

TARUN

Hitze, Regen, Staub. Die Wunde, die brennt. Die Hand, die zupackt. Der Abgrund, der sich auftut. Die Stille. Selbst das, was sich gegen die Stille stemmt. Alles drängt sich auf. Nur das, was wahrgenommen wird, überlebt.

Die Kinder wissen das. Das haben sie gelernt. Darum müssen sie mit den Fingern knacken und mit den Füßen stampfen. Müssen zappeln und säuseln und schreien. Müssen Ohrfeigen verteilen, dem Ball hinterherjagen. Müssen Räder schlagen quer über den Playground. Und fremde Augen erobern. Immer wieder aufs Neue. Müssen gefallen. Gnade in den Augen finden. Derzeit vor allem in den Augen von Nele-Sister und dem Brother.

Die Kinder treten gegeneinander an. Sie machen es sich gegenseitig schwer. Und ein jedes sich selbst.

Aber jetzt auf dem Playground tun sie mir einen Gefallen. Jetzt gerade könnten sie nichts Besseres tun, als um Aufmerksamkeit zu buhlen.
So konnte ich abhauen. Ohne dass es jemandem auffiel.
Aber ich habe nicht viel Zeit. Ich habe mich in den letzten Tagen nicht geschickt angestellt. Habe mir zu viel zuschulden kommen lassen. Ich muss wieder zurück sein, bevor der Brother bis fünf zählen kann.
Es ist eine gute Übung, ja. Ich weiß, dass ich auch in Zukunft jede dieser spärlichen Gelegenheiten nutzen muss.

In mir ist die Wut. Das ist ausgezeichnet. Die Wut setzt Kräfte frei, lässt meine Füße schnell rennen, immer schneller. Treibt meine Gedanken an. Lässt die Vögel vor mir Angst haben. Sie flattern auf und davon. Meine Wut lässt sogar ein Motorrad bremsen. Und das Tuk-Tuk, das den Hügel hinauf schnauft. Meine Wut könnte den Mast zur Erde reißen, der schief von den ganzen schweren Kabeln ist. Und die Kabel würden sich winden wie ein Nest von Schlangen.

Ich bin wütend auf sie, so wütend. Ich bin wütend auf Śarana. Der keine Zeit hat, um mit mir zu sprechen. Nie hat er Zeit, und er will auch nichts wis-

sen von einem Mädchen, das als Gefangene in der Nachbarschaft lebt. Als Sklavin. Wahrscheinlich hat die Maharani einen zu großen Einfluss. Auch auf Śarana. So eine reiche Dame hat Einfluss auf viele Menschen. Sehr viele. Sie können ihr nichts anhaben. Vielleicht ist es zu schwierig für Śarana, sich mit ihr anzulegen. Vielleicht bin ich Śarana aber auch einfach nicht wichtig genug.
Achanda ist Śarana wichtig.
Für Achanda hat Śarana Zeit.
Der dumme, falsche, elende Achanda.
Achanda, der so klug und verständig ist.
Den alle gern haben.
Ich bin wütend auf ihn. So wütend.
Ich hasse ihn sogar. Jetzt hasse ich ihn.
Ich hasse alles, was er ist oder vorgibt zu sein.
Seine Geduld. Sein Verständnis. Dass er sich überall einmischt. Dass er älter ist als ich. Dass ihn eine Freiheit umgibt.
Obwohl ihn nichts von den anderen Kindern unterscheidet.
Wut, Gedanken, Füße. Mehr bin ich nicht. Und alles, was ich bin, rennt und rennt.
Niemand hilft mir.
Ich werde mich allein mit der Maharani anlegen. Sie weiß nicht, mit wem sie es zu tun kriegt. Ich habe keine Angst, nein.

So schnell renne ich, dass mir das Wichtigste plötzlich abhandenkommt und auf den staubigen Boden fällt.

Der Brief fällt zu Boden. Der Brief, den ich geschrieben habe. Das heißt, nicht ich habe ihn geschrieben. Denn ich kann nicht schreiben, nein. Leider nicht. Ich habe Prakash gebeten, ihn für mich zu schreiben: Prakash, der zur Schule geht.
Ich habe ihm dafür den Geldschein gegeben. Den Schein, den ich noch hatte von Achanda. Um mir ein Bonbon zu kaufen.
Prakash hat gelacht, als ich ihm gesagt habe, was in dem Brief stehen soll. Er hat gelacht. Aber er hat trotzdem geschrieben, was ich von ihm verlangt habe. Zumindest hoffe ich das. Ich hoffe, dass er mich nicht reinlegt. Ich kenne Prakash nicht gut, weil er fast immer in der Schule ist. Aber er wirkt wie ein freundlicher ehrlicher Junge.

Ich hebe den Brief vom Boden auf, stecke ihn unter meinen Pullover und laufe weiter durch das Vormittagslicht, in dem die Sandkörner wirbeln und aussehen, als wären sie aus Gips.
Es können höchstens zwei Minuten verstrichen sein, seitdem ich weggelaufen bin. Wenn überhaupt. Ich bin gut in der Zeit.

Und ich bin schon am Grundstück der Maharani angekommen. Vor mir das große Eisentor des Haupteingangs. Dahinter der breite, mit Kies bestreute Pfad, der durch die Gartenlandschaft auf das Haus zuführt.
Bis hierher habe ich gedacht. Bis hierher. Aber nicht weiter. Weil ich einfach keine Gelegenheit dazu hatte. Weil ich mich um den Brief kümmern musste. Was schwierig genug war. Weil man sowieso nie planen kann, was als Nächstes geschieht. Aber jetzt spüre ich, wie sich die Wut nach innen richtet und ihn zerstören will, den kleinen Jungen, wenn ihm nicht sofort etwas einfällt.

Ich muss warten. Warten und denken. Denken. Meine Füße können nicht mehr vorwärtsrennen, nein. Und die Zeit ist nicht auf meiner Seite.
Ich entferne mich ein paar Schritte vom Eisentor, um nicht aufzufallen. Aber nicht weit. Nur so weit, um es trotzdem genau im Blick zu behalten. Und schnell handeln zu können. Sobald ich weiß, was zu tun ist.
Das Eisentor ist zu hoch, um darüberzuklettern. So viel steht fest. Über die versteckte Stelle des Zauns zu klettern und über das endlose Grün des Gartens zu landen, ist sowieso nicht die beste Lösung. Das haben die letzten Male gezeigt. Ich selbst habe mir

die Möglichkeit kaputtgemacht. Weil ich es nicht richtig angestellt habe. Weil ich die beiden Fenster eingeworfen habe.
Obwohl das mit den Fenstern trotzdem richtig war. Sehr gut. Und mutig. Die Maharani weiß, dass da jemand ist, dem es Ernst ist. Der nicht klein beigibt. Der es mit ihr aufnimmt.
Ich könnte den Brief zwischen die Stäbe im Eisentor stecken. Aber dann würde er sehr wahrscheinlich nie zu ihr gelangen. Weil ihn der Erstbeste rauszieht, um zu sehen, ob Geld drin ist.

Wie lange bin ich jetzt fort? Fünf Minuten? Sechs? Ich muss mich zusammenreißen.
Auf einmal taucht im Gewirr der Fahrzeuge und Menschen der Wagen auf. Der Wagen, den ich kenne. Es ist der große, schwere Jeep der Maharani. Mit den getönten Scheiben. So gemächlich, als wäre er keiner Zeit ausgesetzt, holpert er vor das Eisentor. Als könnte ihm nichts und niemand in der Weite seines Reviers Schaden zufügen. Das Fenster an der Fahrerseite des Jeeps wird heruntergelassen. Ein behaarter Arm taucht auf, eine Hand, die einen Knopf an dem Eisentor drückt, der mir vorher nicht aufgefallen ist. Mit einem summenden Geräusch – denn für die Maharani gibt es immer Strom – öffnet sich das Eisentor, und der Jeep fährt wieder an.

Und da ist er also doch – der Junge. Der Junge, der alles richtig gemacht hat. Der Junge, der flink und schlau genug ist. Der schnell heranläuft, um hinten auf das Trittbrett des Jeeps zu springen. Und sich an dem Reifen festhält, der auf dem Buckel des Wagens befestigt ist. Der Junge gleitet, gleitet, ohne sich zu bewegen, ohne einen einzigen Zeh rühren zu müssen.

Gleitet durch das Grün des Gartens, während es kühl um seine Schläfen bläst und in seinem Rücken der Kies aufstäubt.

Mit einer Hand halte ich mich am Reifen fest. Mit der anderen greife ich unter den Pullover, um zu fühlen, ob der Brief noch da ist.

Ja, das ist er. Immer noch da.

Es ist ein kurzer Weg. Nur ein kurzer Weg. Aber die Angst will sich nicht daran halten. Mein Herz schlägt wie eine Faust.

Ob die Maharani im Jeep sitzt? Oder der Mann, der mich im Keller verdroschen hat?

So oder so. Ich bin ein mutiger Junge. Ich werde nicht zurückweichen. Ich werde dafür sorgen, dass die Maharani den Brief erhält.

Vor der großen, blank polierten Eingangstür des Hauses hält der Jeep. Der Motor wird abgestellt. Der Staub wirbelt um den Wagen herum.

Ich rühre mich nicht. Ich halte mich weiterhin am Reifen fest. Ich spähe an der rechten Flanke des Jeeps entlang und warte. Dann öffnet sich die Fahrertür.
Ich kenne ihn nicht, den Mann, der aussteigt. Ich habe ihn noch nie gesehen. Er ist adrett angezogen. Ein bisschen wie ein Polizist. Er hat auch Handschuhe an wie die Polizisten. Aber er ist keiner. Er hat nicht die würdevolle Ausstrahlung. Und die Handschuhe können seine Finger nicht davor bewahren, Schlechtes zu tun. Das sehe ich gleich. Er ist nur für eine einzige Person da. Nur für sie. Fährt sie herum, holt sie ab. Tut, was er tun kann, um in ihrer Gunst zu stehen. Und etwas Kleingeld zu verdienen. Wie so manch anderer Mann, der sich in ihrem Dunstkreis aufhält. Wie der, von dem ich erwischt wurde, im Keller.
Ich warte, ob der Mann mit seiner behandschuhten Hand die hintere Wagentür öffnet, so dass die Maharani oder jemand anderes, der hinten sitzt, aussteigen kann. Aber der Mann öffnet die hintere Wagentür nicht. Da ist niemand drin. Ich spüre, dass mich der Mann bemerkt hat. Dass er ganz genau weiß, dass ich da bin. Ich spüre seine dunkle Glut. Er kommt geradewegs nach hinten gelaufen, zu mir.

Ja, er hat mich gleich bemerkt. Er hat sich aber nicht die Mühe gemacht, vorher anzuhalten. Damit ich abspringe, um mich im Garten zu verstecken. Er ist mit mir den ganzen Weg bis zum Haus gefahren. Um mich hier direkt vor der Tür zu erwischen. Er packt mich am Arm und zerrt mich vom Wagen herunter, schlägt mir mit der flachen Hand ins Gesicht, speit Flüche. Er will mich weiter schlagen, da sage ich:

– Namaskar, namaskar. Ich wollte nur einen Brief überbringen. Für die Ma'am.
– Was für einen Brief?, sagt der Mann, der mich immer noch festhält. Von wem ist der Brief?

Ich antworte nicht darauf. Sage nur, dass es ein sehr wichtiger Brief ist. Dass es wichtig ist, dass die Ma'am ihn so bald wie möglich erhält.

Der Mann lässt mich los, und seine Augen funkeln mich an. Ich hole den Brief unter dem Pullover hervor und händige ihn ihm aus.

Der Mann blickt auf das gefaltete Papier in seinen Händen, und ich sehe, wie es arbeitet in seinem Kopf. Wie er überlegt, was zu tun ist.

– In Ordnung, sagt er zu mir.

Er kann es sich nicht leisten, zu viel zu riskieren. Und das ist mein Glück.

– Ich werde ihr diesen Fetzen aushändigen, sagt er. Aber wehe, du treibst ein Spiel mit mir. Du wirst es bereuen. Hast du mich verstanden? Die Ma'am kennt euch dreckige Kinder von da drüben. Sehr gut kennt sie euch. Ihr werdet es bald sowieso noch mit ihr zu tun kriegen, wenn sie nicht mehr ganz so beschäftigt ist. Wenn sie mal eine Sekunde Zeit findet für Abschaum wie euch. Das kannst du ruhig erzählen in eurem Haus. Und jetzt mach, dass du wegkommst!

/

Ich beeile mich, davonzukommen. Aber ich laufe nicht weit weg. Ich verschwinde nur aus dem Blickfeld von dem Mann. Verstecke mich hinter dem dünnen Stamm eines Jacarandabaumes, der meinem Körper genug Schutz bietet, und spähe zum Haus zurück. Der Mann ist immer noch da und steht mit verschlossener Miene bei seinem Wagen.

Dann sehe ich sie. Dann sehe ich die Maharani, die aus dem weichen schattigen Dunkel des Hauses herauskommt. Ich sehe sie. Und meine Augen können es kaum ertragen, sie zu sehen. Ich darf es meinen Augen aber nicht erlauben, sich von ihr abzuwenden. Ich muss sie anschauen. Muss sie anschauen. Voll und ganz.

Die Maharani hat ein Kleidungsstück an, das ihren Körper in einem Stück bedeckt, zumindest bis knapp über ihre Knie, und es liegt eng an an ihrer Haut. So ein Kleidungsstück wird von den Frauen hier normalerweise nicht getragen. Das weiß ich. Nur Frauen von weither tragen es. Und auch nur die wenigsten.

Die Maharani hat zierliche Schuhe an, die ihre Fersen anheben, als würde sie zeigen wollen, wie wenig sie benötigt, um einen sicheren, selbstbewussten Schritt zu tun.

Als sie herauskommt, geht etwas vor im Gesicht des Mannes, der bei dem Wagen steht und auf sie gewartet hat. Es ist jetzt voller Unterwürfigkeit. Es ist nicht mehr das Gesicht eines alten Mannes. Es ist das Gesicht eines kleinen Mädchens. Er richtet das Wort an sie. Sie sieht ihn an, einfach nur an. Und hält ihren Kopf so aufrecht wie eine Rose. Er reicht ihr meinen Brief.

Ich weiß, meine Aufgabe ist erfüllt. Ja, sie ist erfüllt. Die erste Aufgabe von vielen. Ihre Augen lesen. Den Satz, der von mir stammt und den Prakash für mich aufgeschrieben hat:

Wenn Du Kalpana nicht freilässt, dann stirbst du.

Sie liest den Satz, und unter dem Hut verzieht sich kein Muskel in ihrem Gesicht. Sie gibt dem Mann den Zettel zurück. Der Mann öffnet ihr die Tür vom Jeep. Sie steigt aber nicht gleich ein. Sie steht da und schaut auf das weite Reich ihres blühenden Gartens, und sie weiß, dass ich mich darin verberge. Sie weiß es genau.

ACHANDA

Ich hatte es gehofft. Inständig. Ich hatte gehofft, nicht so schnell wieder diese Luft atmen zu müssen. Die Schatten zu spüren, die mich hier umfangen. Sein Lächeln, das mich belauert.

Ich hatte es gehofft. Aber es hat keinen Zweck gehabt. Er hat nach mir geschickt. Wieder hat der Alte nach mir geschickt. Und ich bin zu ihm gegangen. Es hieß, es wäre dringend.

Ich habe keine Wahl. Ich kann nicht fernbleiben. Ich habe seine Worte noch im Ohr: Wenn ich nach dir schicke, bist du da. Auf dem schnellsten Wege. Du willst nicht, dass Śarana etwas von unseren kleinen Abmachungen erfährt. Das willst du nicht. Nein.

Es ist schwierig für einen Jungen in meiner Situation, sich dem Alten zu entziehen. Gefährlich. Noch. Aber bald ist es vorbei damit.

Bald kann der Alte nicht mehr nach mir schicken.

Ich darf keine Fehler machen. Besonders jetzt nicht.

Nicht jetzt, da die Tage so viel Gutes für mich bereithalten. So viel Gutes wie niemals zuvor …
Aber es ist nicht Tag. Es ist Nacht.

Im Zimmer flackert eine Kerze auf dem Tisch, an dem wir sitzen. Der Alte neigt sich herüber zu mir, und das Licht der Kerze erhellt schwach sein Gesicht, seine ungesunde Haut, die Wollmütze, die er auf dem Kopf hat, und den Schal, der um seinen Hals geschlungen ist.

Ich darf keine Fehler machen. Aber der Tag, er wird geboren aus den Fehlern unserer Nacht. Der Alte weiß das.
Und ich auch. Ich bin alt genug, um es zu wissen.

– Du musst mir noch etwas von ihr bringen, sagt der Alte.

Und dann sagt er:

– Ich habe meine Freude an dem Stück Stoff gehabt, das du mir gebracht hast. Meine liebe Freude habe ich dran gehabt. Aber jetzt, fürchte ich, ist der Spaß schon vorbei. So ist das mit dem Spaß. Geht schnell, weißt du.

Er ahmt mit seinem Mund das Geräusch eines Windeshauches nach und sagt:

– Schon ist er verflogen, der Spaß. Ich brauche

etwas, das länger hält. Eine kleine Weile. Eine kleine wunderbare Weile, die wie die Ewigkeit ist. Weißt du, was ich meine?

– Nein, sage ich.

– Ich meine das Mädchen, sagte er. Das Mädchen selbst meine ich. Das will ich haben. So bald wie möglich. Und du sollst es mir bringen. Du bist doch ein umtriebiger Junge, nicht wahr? Deine Füße laufen hierhin und dorthin. Ständig bist du unterwegs. Ein Reisejunge bist du. Aber sei nicht so selbstsüchtig. Nimm doch das Mädchen ruhig einmal mit auf eine deiner Reisen. Sie will auch was sehen. Nimm sie mit auf eine Reise, von der sie nicht wieder zurückkehrt. Eine Reise, die sie zu mir führt. Nur zu mir. Hast du mich verstanden?

Das sagt der Alte. Und dann lehnt er sich zurück, und die Flamme hat kein Gesicht mehr, das sie bescheinen kann. Nur noch Dunkelheit hat sie.
Ich bin Achanda, Herr über den Pfad, sage ich zu mir selbst. Sage es stumm zu der Dunkelheit.
Ich nehme all meinen Mut zusammen. Ich muss eine Grenze ziehen, jetzt und sofort.

– Ich werde es nicht tun, sage ich laut zu dem Alten. Ich bin lange genug für Sie tätig gewesen. Es genügt. Ich brauche Sie nicht mehr. Ich werde auch ohne Sie zurechtkommen. Ja, das werde ich.

Sekunden verstreichen, und es ist sehr still.

Dann schlägt es zu, aus der Dunkelheit. Aber ich spüre es erst, als es zu spät ist. Ich habe nur den Lufthauch gespürt, der dem Schlag vorausging und der die Kerze flackern ließ. Dann ist da Schmerz, der mich benommen macht. Dumpf spüre ich Hände, die in meine Haare langen. Hände, die meinen Kopf gegen die Tischplatte knallen lassen. Wieder und wieder.

Ich werde niedergerissen auf den Boden. Und dort liege ich und atme Staub.

Dann kracht etwas auf mich nieder. Holz. Der Stuhl, auf dem ich saß. Zumindest glaube ich das. Zweimal kracht er auf mich.

Dann werde ich nach oben gezogen, so dass ich wieder stehe. Ich sehe die Kerze, ihr scheinheiliges Licht.

Der Alte steht vor mir. Sein Gesicht sehe ich nicht. Aber ich sehe seine Umrisse, höre seinen Atem. Als wäre es mein eigener. Ein Atem, der flatternd ist, aber von einem unergründlichen bösen Willen angefacht wird.

– Du hast viel Gutes für mich getan, Junge, sagt der Alte. Ich hätte mich nicht gehen lassen sollen.

Nein, das war nicht recht. Ganz und gar nicht recht.

Er schweigt eine kleine Weile, in der die Nacht atmet. Und dann sagt er:

– Nein, ich hätte mich nicht gehen lassen sollen. Insbesondere, weil ich dich gar nicht brauche, mein Junge. Ich brauche dich nicht, um zu kriegen, was ich will. Um das Mädchen zu kriegen, brauche ich dich nicht.

Als ich draußen bin, sehe ich das erste Licht des neuen Tages.

Der Hund ist wieder da. Der alte, steife Hund.

Ich trete nach ihm.

Noch fünf Tage

SHAKTI

In der Küche herrscht Freude. Die Kinder plappern durcheinander und scharen sich um Nele-Sister, die am Herd steht. Sie fühlen die Kraft der Flamme, die unter der Pfanne lebt, und schauen auf die Körner, die in brutzelndem Öl und Zucker liegen, und sind gespannt. So gespannt, was gleich geschieht. Sogar Housemother lacht. Und der Brother lässt Raj auf seinen Schultern sitzen, damit er gut sehen kann.
In der Küche herrscht Freude. Sie versucht, in meinen Körper zu schlüpfen, Einlass zu finden.
Aber ich lasse sie nicht herein.
Ich will es nicht. Sie soll draußen bleiben.
Die Stimme von Nele-Sister klingt heute fröhlicher und geschmeidiger als sonst.

Gestern ist sie in einem vollbesetzten Tuk-Tuk gefahren. Und hat die große Ring Road unter sich vorübergleiten sehen, weil das Tuk-Tuk keinen rich-

tigen Boden mehr hatte. Dann ist sie in ein zweites Tuk-Tuk umgestiegen. Quer durch die Stadt ist sie gefahren, um ein besonderes Haus aufzusuchen, wo die Menschen den friedliebenden Sohn von dem Gott anbeten, den sie so gern hat.
Sie wird auch zu ihm gebetet haben. Und dann hat sich ihre Stimme verwandelt. Im Gebet werden alle Stimmen schön. Und sie bleiben es. Eine Weile.

Nele-Sister redet und redet. Sie erzählt, dass es jeden Augenblick so weit ist. Dass es POP! machen wird und wieder und wieder POP! Dass die Körner, die sie uns mitgebracht hat, die Hitze in der Pfanne bald nicht mehr aushalten und in die Luft schnellen und aufplatzen und plötzlich wie verwandelt aussehen. Und wenn wir sie dann essen, werden wir erleben, wie lecker sie sind.
Das sagt sie und noch viel mehr, und ich soll es den anderen Kindern übersetzen. Aber ich habe keine Lust zu übersetzen. Meine Stimme ist nicht geschmeidig. Der friedliebende Sohn von Nele-Sisters Gott kennt meine Stimme nicht. Und meine Stimme wiederum kennt *ihn* nicht. Meine Stimme klingt allein, einsam.
Dann macht es wirklich POP! Wieder und wieder. Und Nele-Sister hält einen Deckel über die Pfanne. Und die Körner springen gegen den Deckel, und

es klingt wie ein Trommeln, und ein paar von den Körnern schaffen es hinaus ins Freie, und sie sehen wirklich wie verwandelt aus.
Die Kinder kreischen und zanken sich um das, was auf dem Boden gelandet ist. Die kleinen weißlichen und zuckerbraunen wolkenförmigen Gebilde verschwinden in diesem und diesem und diesem Mund.
Und auch die Flamme, die unter der Pfanne lebt, frisst ein paar von ihnen.
Als es nicht mehr POP! macht, lässt der Brother die Zuckerwolken von der Pfanne herunter in die Schüssel rauschen. Er hält die Schüssel jetzt vor dem Bauch und tut so, als wollte er den Kindern nichts abgeben. Aber dann darf natürlich doch jeder in die Schüssel greifen, so oft er mag.
Ich greife nicht hinein. Für mich schimmert es nicht weiß, für mich schimmert es nicht zuckerbraun.

Ich habe genug von der Küche.
Ich laufe in den Gang hinaus, und da ist Achanda. Er lehnt an der Wand. Er sieht auch nicht glücklich aus heute morgen. Gar nicht. Er sieht mitgenommen aus, als wären seine Augen an einem finsteren Ort gewesen.
Als er mich sieht, versucht er sein übliches Lächeln.

Er soll mich in Ruhe lassen damit. Ich will es nicht sehen. Ganz bestimmt ist es das Letzte, was ich jetzt sehen will: dieses Lächeln.
Aber mit dem Lächeln ist es nicht getan. Zwischen seinen Fingern hält er etwas. Es ist eine Blume, wieder eine Blume.
Keine gebastelte diesmal. Es ist eine echte.
Sie ist klein, aber ihre Farbe zeigt Mut.
Achandas Finger halten die Blume vorsichtig.
Das macht keinen Unterschied.
– Es ist eine besondere Blume, sagt er. Ich habe oft gehört, dass sie beschützende Kräfte hat.
– Wovor sollte ich schon beschützt werden?, sage ich patzig. Hier im Recovery Home geht es uns gut, nicht wahr? Wir sind glückliche Kinder, nicht wahr? Wir sind sicher. Und überhaupt, was kümmert es dich, ob ich sicher bin oder nicht?
Achanda sieht mich traurig an.
– Bitte nimm sie, sagt er. Und dann noch mal, sehr leise: Sie wird dich beschützen.
Ich nehme die Blume und zerrupfe sie vor seinen Augen.
Er sieht erschrocken aus.
– Was ist denn los?, fragt er.
Lange sage ich nichts und lasse ihn mein Schweigen spüren. Dann sage ich:
– Wir werden nie zusammen Motorrad fahren. Ich

weiß es, und du weißt es. Du wirst bald bei deinem Onkel sein. Deine Finger können sich weiter mühen, Blumen zu basteln oder zu pflücken. Aber das ändert gar nichts dran. Tu nicht so, als könntest du mich beschützen. Du kannst es nämlich nicht. Und wollen tust du es auch nicht.

Er nennt meinen Namen. Aber mein Name ist so klein in seinem Mund.

Ich laufe hinaus ins Freie.

TARUN

Sie ist gekommen. Tatsächlich ist sie gekommen. Sie musste es. Sie hatte keine Wahl. Das immerhin habe ich geschafft. Ich habe dafür gesorgt, dass sie unruhig wurde. Dass sie es nicht länger auf die leichte Schulter nehmen kann.

Ihr mächtiger Jeep ist vorgefahren, Dunkelheit verströmend. Der Mann ist ausgestiegen. Der Mann, den ich schon kenne. Der meinen Zettel genommen hat.

Er hat die hintere Wagentür geöffnet. Und da war sie und stieg aus. Da war sie – die Maharani. Aufrecht wie der Stolz, der die Menschen niederringt. Weich umhüllt von geschmeidigen Farben. Mit Blicken voll müder Verachtung.

Der Mann ist beim Jeep stehengeblieben.

Die Kinder haben sie umringt, als sie ins Haus kam. Sie hat es geschehen lassen. Sie hat Misha sogar die Wange getätschelt. Aber Misha ist blass gewor-

den. Als hätte die Berührung ihr Lebenskraft entzogen.
Auch die anderen Kinder haben es gemerkt. Alle haben gemerkt, dass man vor der Schönheit der Maharani besser zurückweicht. Gleich und sofort.
Die Maharani hat Glück gehabt, dass Śarana gerade da war. Sonst hätte sie wiederkommen müssen. Oder aber sie wusste es. Sie wusste es ganz genau.

Hier sind wir nun, im Schlafraum der Jungs. Śarana, die Maharani und ich. Śarana hat der Maharani angeboten, sich auf das untere Bett zu setzen. Aber die Augen der Maharani haben nein gesagt. Die Maharani nennt eine Summe, so hoch wie ein Berg. Die Summe, die sie fordert für die beiden Fenster, die ich kaputtgemacht habe. Śarana ist ruhig, so ruhig, wie er immer ist. Er sagt, dass man bestimmt eine Einigung findet.

– Von Einigung kann nicht die Rede sein, sagt die Maharani. Wir sind nicht auf einem Marktplatz. Ihre Stimme klingt freundlich und schneidend zugleich, wie kalte Nachtluft.
– Ich weiß, dass wir nicht auf einem Marktplatz sind, sagt Śarana. Das weiß ich sehr wohl. Sie brauchen sich, was das betrifft, keine Sorgen zu machen. Und Sie werden feststellen, dass Sie sich auf mich verlassen können.

Dann entschuldigt sich Śarana. Er entschuldigt sich demütig. Er entschuldigt sich in meinem Namen. Er sagt, dass ich ein armer Junge bin. Der schon viel zu viel erleiden musste. Er sagt, dass mir vieles durch den Kopf geht und dass ich mich nicht immer unter Kontrolle habe.

Er soll nicht so reden, nein. Er soll aufhören damit. Aber vor allem soll er sich nicht entschuldigen. Es gibt nichts zu entschuldigen. Überhaupt nichts. Im Gegenteil. Śarana soll mir beistehen. Gegen die Maharani vorgehen. Ich habe sonst niemanden. Niemanden, der mir beisteht.

– Ich halte nicht für gut, was Sie tun, sagt die Maharani. Aber das bleibt Ihnen überlassen. Ich kannte einmal einen Mann, der mochte Spatzen. Elende, schmutzige Spatzen. Die nach Krumen pickten und im heißen Staub badeten. Mit Menschen konnte er nichts mehr anfangen. Die Spatzen waren sein Glück. Er lebte mit ihnen, und er starb mit ihnen. Was kann man da schon machen? Soll man etwas wirklich lieben, nur weil es mit kleinen Flügeln schlägt? Sehen Sie zu, dass er sich unter Kontrolle hat, der Junge. Glauben Sie mir, Sie tun sich selbst einen Gefallen damit.

Dann sagt sie Śarana, wann sie das Geld von ihm erwartet.

Auf einmal ist der Zettel in ihren Händen. Der Zet-

tel, mit der Schrift von Prakash, den ich dem Mann gegeben habe, der den Jeep fährt.
Sie hält Śarana den Zettel hin. Śarana liest den Zettel und sieht kurz mit Sorgenfalten zu mir hinüber.

– Viele Bedienstete sind für mich beschäftigt, sagt die Maharani. Aber eine Kalpana ist nicht darunter. Ich habe nicht die leiseste Ahnung, wer das sein soll. Von mir aus können Sie gerne einmal kommen und nachsehen, wenn Ihre Kinderlein Sie gerade nicht zu sehr in Beschlag nehmen. Und ganz abgesehen davon: Keiner meiner Bediensteten hat sich je über mich beschwert. Im Gegenteil. Sie sind froh, in so einem schönen Haus zu arbeiten. Das ist das Beste, was ihnen passieren kann. Sie wissen es ja selbst. Sie wissen, wo die kleinen Dinger üblicherweise landen. Wenn Sie mich also nun entschuldigen würden. Ich habe schon genug Zeit vertrödelt.

Die Maharani ist fort. Genauso schnell, wie sie gekommen ist. Śarana und ich sind alleine. Alleine im Schlafzimmer der Jungs.
Śarana sieht angeschlagen aus. Schatten lagern in seinem Gesicht. Ich kann mich nicht dran erinnern, sie vorher schon mal gesehen zu haben.
Er befragt mich. Ich soll ihm erzählen, wo ich die Maharani zum ersten Mal gesehen habe, und ich er-

zähle ihm, dass es an dem Morgen war, als ich fortgelaufen bin. Dass ich sie unten gesehen habe, auf dem Budhanilkantha-Platz. Wie sie aus dem großen, dunklen Jeep gestiegen ist, um Früchte zu kaufen. Ich habe sie angebettelt, gefragt, ob sie mir so eine saftige Frucht abgibt. Sie hat mich nur still angesehen. Ich habe ihre Augen nicht gesehen. Nur mich selbst in ihren schwarzen Brillengläsern. Darin war ich noch kleiner, als ich wirklich bin. Und ich wusste, dass ich keine saftige Frucht kriege. Ich bin zornig geworden. Ich wusste, dass es da, wo sie mit ihrem Jeep hinfährt, noch viel mehr als eine saftige Frucht gibt. Ich bin dem Jeep nachgelaufen, der langsam war, weil er den Hügel hinauf und aufpassen musste, keine der vielen Leute zu zerquetschen mit seinen großen Reifen. So bin ich zu ihrem Grundstück gekommen, das in der Nähe ist. Ganz in der Nähe von hier, dem Recovery Home. In ihrem Haus, da gibt es einen Keller. Und die Kellertür stand offen. Und in dem Keller, da war Kalpana. Das Mädchen.

Das alles erzähle ich Śarana.

Dass Prakash für mich den Zettel geschrieben hat, das muss ich ihm nicht erzählen. Das weiß er auch so.

Gerade ist Śarana noch zornig gewesen. Und laut.

Er hat mir verboten, jemals zum Haus der Maharani zurückzukehren.

Aber jetzt klingt seine Stimme wieder so sanft und freundlich, wie sie sonst immer klingt.

– Bist du sicher, dass da ein Mädchen ist in dem Haus? Ein Mädchen, das Kalpana heißt?
– Ganz sicher, sage ich.

Śaranas Augen ruhen auf mir. Auf einmal scheint darin etwas auf. Ich sehe es genau. Zweifel scheinen auf. Aber nicht nur das. Da ist noch mehr. Seine Augen sehen jetzt aus, als wollten sie mich in Schutz nehmen.

– Wie sieht es denn aus, das Mädchen?

Ich sage nichts. Lange sage ich nichts. Dann sage ich:

– Das Mädchen hat … es hat …

Aber weiter komme ich nicht. Weil ich nicht weiß, wie das Mädchen aussieht. Weil ich es nicht mehr vor mir sehe. Weil ihr Gesicht wieder verschwunden ist. Verschwunden. Nicht da.

Ich kann nur stammeln, wieder und wieder:

– Es hat …
– Ich werde es nachprüfen, sagt Śarana. Falls da wirklich ein Mädchen ist, werde ich ihm helfen.

Śarana sagt, dass er es mir verspricht.

Meine Ohren hören, was er sagt. Aber meine Augen sehen ihn nicht mehr. Meine Augen tasten wie Finger in der Dunkelheit.

Sie tasten und tasten nach Kalpana.

SHAKTI

Die Kinder spielen, aber sie können sich nicht konzentrieren. Ihre Augen finden keine Ruhe mehr, seitdem sie die Frau gesehen haben. Die Frau, die plötzlich im Recovery Home aufgetaucht ist und nun drüben ist, im Schlafzimmer der Jungs. Zusammen mit Śarana und Tarun.

Die Augen der Kinder haben ihre Schönheit gesehen. Ja, ihre Schönheit. Aber gespürt haben sie die Schönheit nicht. Sie haben etwas anderes gespürt. Etwas ganz anderes.

Ob die Frau Tarun mitnehmen wird? Ich hoffe. Um ihn wäre es mir nicht schade. Auch, wenn ich ihm nicht wünsche, zu der Frau zu kommen. Das kann man keinem der Kinder wünschen. Nicht mal ihm. Nicht mal Ramani.

Normalerweise wäre ich bei der Ankunft der Frau genauso aufgeregt gewesen wie die anderen Kinder.

Aber nicht heute. Heute ist es mir egal, wer die Frau ist. Und was sie mit Tarun zu schaffen hat. Alles ist egal. Der Nachmittag. Die Kinder. Und vor allem ich selbst.
Shakti – was ist das? Was ist das schon? Shakti ist nur eine schwache Glut. Mehr nicht.
Am Anfang habe ich gedacht, dass die Frau gekommen ist, um Achanda zu sehen. Nicht Tarun, sondern Achanda. Gewundert hätte es mich keineswegs.
Vor der Haustür hat sie ihre hübschen Schuhe abgestreift und ist in die Slipper geschlüpft, und Housemother war da und hat sie demütig begrüßt. Hat nicht mehr aufgehört, sie zu begrüßen, und hat sie ins Haus begleitet.
Drinnen in dem düsteren Gang hat Achanda die Frau gesehen und sie ihn. Als allererstes von uns Kindern hat sie *ihn* angesehen. Und ich habe gemerkt, dass sich die beiden kennen.
Ich will nicht wissen, woher sie sich kennen. Es interessiert mich nicht.

Achanda. Der lächelnde Achanda. Ich hätte ihm niemals zuhören, ihm niemals glauben sollen.
Ich bin dumm. Wie leichtfertig habe ich vorhin den Satz ausgesprochen: Wir werden niemals Motorrad fahren.

Nun weiß er, wie viel mir daran liegt. Wie viel mir von Anfang an daran gelegen hat.

Die Helligkeit des Tages weicht zurück. Ganz langsam. Das Orange schwindet. Die Eidechsen ziehen sich zurück.
Die Glut verlöscht.
Aber ich darf nicht verlöschen.
Ich darf nicht aufgeben.
Ich muss etwas tun, das mir Freude bereitet. Muss etwas sehen, das meine Augen beschenkt: den Brother, den Brother.
Der Brother und Nele-Sister sind immer noch da. Länger als sie es üblicherweise sind. Weil die Frau gekommen ist und Śarana abgelenkt ist.
Ich schaue mich nach dem Brother um. Im Spielzimmer ist er nicht und auch nicht in der Küche. Ich frage Nele-Sister, und sie sagt, der Brother ist draußen vor dem Haus.
Ich spüre, dass die Glut wieder an Kraft gewinnt.
Was ist Achanda?, sage ich mir, während ich mit flinken Füßen nach draußen laufe. Was ist er schon gegen den Brother? Der schön ist. Unsagbar schön. Und weiß, was es heißt, gesund zu sein. Nicht arm, nicht klein.

Ich finde den Brother draußen vor der Tür. Er hockt auf dem Steinboden. Zusammen mit der scheuen Misha. Ich sehe, wie Misha dem Brother die Fingernägel schneidet, mit der kleinen Schere, die uns Housemother immer gibt. Die in dem kleinen Beutel ist im Schrank.
Sie schneidet ihm nur die Fingernägel, mehr nicht. Ein Kind schneidet einem Mann die Fingernägel. Das ist nicht ungewöhnlich. Ganz im Gegenteil. Es ist das Natürlichste überhaupt. Ich selbst habe schon so vielen Männern die Fingernägel geschnitten. Und die Zehennägel auch.
Trotzdem ist da etwas an diesem Bild, das ich nicht sehen will und doch sehe. Ich sehe ihn, den Brother. Sehe, wie er Misha unter dem blasser werdenden Himmel seine schöne, weiße Hand hinstreckt, als müsste sie dankbar sein. Ich sehe seine Augen, und ich glaube, Hochmut darin zu erkennen. Und nicht nur das. Sondern auch Grausamkeit. Die Grausamkeit gegenüber einer Welt, die seiner unterlegen ist.
Jetzt ekle ich mich vor ihm. Ja, das tue ich. Sehr.

Ich bleibe draußen. Es wird Abend. Will nicht zurück ins Haus. Die kalte Nachtluft kommt noch vor der Dunkelheit.
Ich stehe da.

Bin allein.

Nein, nicht allein.

Da ist die Schlange, die sich in meinem Unterleib windet.

Und das baldige Strömen meines Blutes ankündigt.

Noch vier Tage

ACHANDA

Shakti ist nirgends zu sehen, aber ich weiß, wo sie ist.

Ich brauche sie nicht zu sehen, um zu wissen, wo ich sie finde.

Ich weiß, wo sie sich versteckt. In dem Verschlag, wo es schattig ist. Ich weiß, dass sie dort drinnen auf dem Eimer sitzt und ihre Füße in den anderen Eimer mit Wasser taucht. Wahrscheinlich stellt sie sich wieder vor, ein Delfin zu sein. Ich habe oft gehört, wie sie den Brothers und Sisters davon erzählt hat.

Ein Delfin ist ein besonderes Wesen. Es passt zu Shakti, dass sie sich wünscht, ein Delfin zu sein. Dabei kann sie gar nichts anderes sein als Shakti. Das ist mehr als genug. Vielleicht nicht für sie. Aber für mich.

Die hochstehende Vormittagsonne durchbricht den immerwährenden Dunst aus Staub und Abgasen und dringt gleißend in den Garten. Das spärliche Grün der Gemüsepflanzen im Garten wird von der Helligkeit überstrahlt, und genauso ist es mit dem Violett der Bettwäsche, die an der Leine hängt, und dem Gelb der Orangenfrüchte an dem dünnen Baum. Die Helligkeit bedrängt die Sinne. Das Rot der nepalesischen Flagge drüben auf dem Dach ist flammend.

Shakti kriegt nichts mit von der Sonne. Sie will von der Sonne nichts wissen. Für sie sind die Tage angebrochen, an denen ihr Blut entströmt. Wie das bei allen Frauen immer wieder vorkommt.
Ich weiß, was geschieht. Ich bin so gut wie erwachsen. Und eine weite Strecke liegt hinter mir.
Ich weiß, dass die meisten Frauen in dieser Phase rausgehen, ihr Haus nicht mehr betreten. Nicht betreten dürfen. Sie halten sich draußen in der Hütte auf, wo der Abtritt ist. Manchmal kommen sie auch bei Verwandten unter, vorausgesetzt, dass sich in dem Haus der Verwandten gerade nur Frauen aufhalten. Die Küche dort dürfen sie nicht betreten. Die Küche darf nicht beschmutzt werden. Ich weiß, dass die Frau in dieser Zeit keinen Kontakt mit Männern haben darf, selbst wenn es nur eine

kleine Berührung oder ein Blick ist. Sie darf nichts anfassen, was von einem Mann angefasst wird. Sie muss warten, bis das Blut nicht mehr fließt und ihr Körper wieder rein ist.

Das alles weiß ich, aber ich weiß auch, dass es hier im Recovery Home anders ist. Hier werden manche der uralten Regeln ein wenig lockerer ausgelegt. Ich glaube, Śarana will uns möglichst viel Freiheit einräumen, damit wir der Enge entkommen, die unser Leben geprägt hat, und wieder lernen, Vertrauen zu fassen. Wenn man aber lernt, Vertrauen zu fassen, dann lernt man auch, Vertrauen zu missbrauchen. Das weiß Śarana. Und das ahndet er schlimmer als alles andere. Housemother tut sich manchmal schwer damit, umzusetzen, was Śarana ihr vorgibt. Das ist unser Vorteil. Bestimmt würde Housemother vieles lieber strenger auslegen. Zum Beispiel mag sie es nicht so gern, dass wir Kinder alle gleichzeitig essen. Dass die Mädchen nicht warten müssen, bis die Jungen ihre Dal-Bhat-Teller leer gegessen haben. Das kennt sie nicht. Aber Housemother kann wenig tun. Außerdem ist jedes Kind hier im Recovery Home gerissen genug und hält sich meistens sowieso nur an Regeln, die ihm passen.

Shakti müsste nicht in dem Verschlag sitzen. Sie

müsste sich nicht verstecken. Sie tut es aber trotzdem. Bestimmt, weil sie es nicht anders kennt. Weil man es ihr beigebracht hat. Weil man ihr beigebracht hat, sich zu schämen.
Shakti soll sich aber nicht schämen. Und besonders nicht vor mir. Ich möchte für sie da sein. Tropfen aus Blut entströmen nicht dem Tod, sondern dem Leben.

Ich weiß nicht. Vielleicht gibt es auch noch andere Gründe, warum sich Shakti versteckt. Vielleicht hat es mit dem Brother zu tun. Vielleicht – ganz vielleicht – auch mit mir. Vielleicht ist es ihr unangenehm, dass sie meine Blume zerrupft hat. Vielleicht bereut sie es.
Die Blume, die sie beschützen sollte vor allem Unheil.
Vor dem Alten.
Aber es ist egal, ob sie so eine Blume hat oder nicht.
Ich selbst muss sie beschützen.

Ich klopfe an die Blechtür des Verschlags. Als von drinnen nichts zu hören ist, versuche ich, die Tür zu öffnen. Der Wassereimer ist davorgeschoben worden, und ich schiebe die Tür nur einen Spalt weit auf. Der Spalt ist ausgefüllt mit Schatten. Ich höre, wie sich das Wasser im Eimer bewegt.

Dann höre ich Shaktis Stimme:

– Abhauen!

– Ich bin es, sage ich.

– Abhauen!, sagt die Stimme noch einmal.

Shakti drückt mit der Hand gegen die Tür. Ich klopfe wieder.

– Du weißt, wie es ist, sagt Shakti hinter der Tür. Ich kann dich zur Zeit nicht sehen.

– Du kannst mich nicht sehen, weil die Tür zu ist, sage ich.

Ich höre nichts mehr, nur die Stille der Sonnenstrahlen ist in meinem Rücken.

Dann höre ich, wie sich im Verschlag etwas regt. Höre das kratzende Geräusch, mit dem der Eimer verschoben wird.

Die Blechtür öffnet sich. Und da ist Shakti. Sie hockt – wie ich es vorhergesehen habe – mit dem Hintern auf dem umgedrehten Eimer. Und ihre nackten Füße stecken in dem anderen Eimer, im Wasser. Sie kneift vor der plötzlichen Helligkeit die Augen zusammen.

– Ich wollte nachsehen, wie es dir geht, sage ich.

Sie schaut von unten hoch, und obwohl sich ihre Augen schnell an die Helligkeit gewöhnt haben müssten, schauen sie ungläubig auf die Gestalt, die aus dem Licht zu ihr gekommen ist.

Ihre Stimme klingt jetzt verändert:

– Das ist lieb von dir.

In ihrer Stimme ist Zärtlichkeit. Ich glaube fest daran.

– Dir geht es nicht so gut, nicht wahr?, sage ich.

– Nein, sagt sie. Nicht so gut.

– Auch Delfine sind nicht frei von Schmerzen, sage ich.

Ihre Lippen bewegen sich nicht, und doch geht eine vorsichtige Einladung von ihnen aus.

Ich streife meine Slipper ab, mache einen Schritt in den Verschlag hinein und gehe in die Hocke. Blicke Shakti an. Am liebsten würde ich die Blechtür schließen, so dass wir beide ganz für uns sind. Nur für uns, wie es vorher noch nie geschehen ist.

So gern würde ich die Blechtüre schließen. Aber ich traue mich nicht. Ich weiß nicht, ob es ihr recht wäre.

Vom Boden im Verschlag geht eine Kühle aus, die erfrischend und wohltuend ist. Das Licht, das von draußen hereinströmt, bedeckt Shaktis Beine. Ich sehe die drahtigen Härchen, die aus ihrer Haut sprießen und die ein bisschen feucht sind, weil sie mit einem nassen Tuch darüber gewischt hat. Ich sehe einen Wassertropfen, der schimmernd an ihrem rechten Knie hängt und dann länger und dünner wird und hinabläuft.

Sie sieht mich jetzt nicht mehr an. Sie sieht hinaus in

den Garten und zu dem zersprungenen Fenster, hinter dem der Kloraum ist, und zur Hintertür des Recovery Home, die geschlossen ist. Dann sagt sie:

– Wann wirst du fortgehen?

Ich sage:

– Śarana wird mich mitnehmen. In ein paar Tagen. Aber es ist nur ein Besuch, mehr nicht. Wir kommen zurück. Ich komme zurück.

Ich sage:

– Ich werde eine Lösung finden, nicht zu meinem Onkel zu gehen. Wenn du es willst, werde ich nur mit dir zusammen fortgehen, sage ich. Mit niemandem sonst. Ich werde mit dir fortgehen. Mit dem Motorrad. Aber ich bleibe auch mit dir hier, auf dem kleinsten Fleck.

Jetzt sieht mich Shakti an. Sie sieht mich an, und ihre Augen sprechen zu mir.

TARUN

Ich beneide die Kuh. Sie kann sich nicht verirren. Wie meine Blicke. Sie kann nicht ins Dunkel wandern. Wie meine Blicke.
Die Kuh kennt ihren Platz. Sie hat sich mit ihm abgefunden. Ihre Ohren zucken. Aber sie hören die Ferne nicht. Heimat ist da, wo man die Ferne nicht hören kann.
Ich bin allein auf dem Playground. Das heißt, nicht ganz allein. Der Fußball ist da. Der Fußball, den ich mit dem Lineal vom Schrank geholt habe. Der Fußball, den ich unter meinen Arm geklemmt habe, als ich abgehauen bin.

Ein guter Vormittag ist das. Ein guter Vormittag, um abzuhauen. Der Brother und Nele-Sister sind nicht da. Die Kinder schläfrig und schweigsam. Mit sich selber beschäftigt. Auch Housemother ist mit sich selber beschäftigt. Manchmal denke ich, sie hat

Geheimnisse, die sie vor uns verbirgt. Aber es kümmert mich nicht, was das für welche sind, nein. Kein bisschen.
Ein guter Vormittag ist das. Ein guter Vormittag, um abzuhauen. Aber sonst für gar nichts. Sonst ist es ein elender Vormittag, ja.

Ich traue mich nicht, zum Haus der Maharani zu gehen. Ich bin feige. Ich bin hilflos.
Ich bin nur zwei Füße, die auf unebenem, löchrigem Boden gegen einen Ball treten.
Und Hass.
Viel Hass.
Der aber müde ist. Kraftlos.

Ich wünschte, der Mann wäre da, der sonst auch immer da ist und am Playground herumlungert mit seinen glasigen Augen.
Der widerliche Mann. Jetzt wünschte ich, er wäre da. Dann wäre mein Hass nicht so allein.

Ich trete den Ball gegen die Kuh, aber ich kann nicht mal mehr gut zielen. Ich verfehle sie.
Der Ball prallt von der Mauer ab und springt links zur Seite. Ich will ihm nicht mal mehr hinterherlaufen. Bin zu müde. So müde.

… *falls* da ein Mädchen ist …
… *falls* da ein Mädchen ist …
Das hat Śarana gesagt, und was Śarana gesagt hat, das will mir nicht mehr aus dem Kopf gehen:
… *falls* da ein Mädchen ist …
… Bist du dir *sicher*, dass es da ist? …

Ich schaue auf den aufgerissenen Boden und versuche wieder, mir ihr Gesicht in Erinnerung zu rufen. Versuche zu denken. An alles, was das Mädchen ist. Was es gesagt hat.
Auf einmal kommt der Ball leise wie ein Schatten und wie von selbst auf mich zugerollt, und ich höre eine Stimme. Ich kenne sie, diese Stimme. Ja, ich kenne sie.
– Du schon wieder, sagt die Stimme.
Ich blicke vorsichtig von der Erde auf und zur Seite, wo der Ball herkam. Und da ist es, das Mädchen. Da ist Kalpana, steht mitten auf dem sonnengebleichten Playground, in ihrer Kurta, die zu lang ist, und den Slippern, die zu groß sind, und den Augen, die so dunkel sind wie alle Wünsche.
Sie ist da – als wäre es das Allerselbstverständlichste auf der Welt. Und ich sehe sie.
Kalpana sagt:
– Die Maharani ist gut auf mich zu sprechen. Weil ich mich bestens um ihre Gäste gekümmert habe.

Sie hat gesagt, ich kann eine Weile rausgehen, und ich dachte, ich komme vorbei, und wir spielen ein bisschen. Nur wir zwei. Na los! Her mit dem Ball!

Ich spiele ihr den Ball zu, mit einem Gefühl, als wäre ich selbst der Ball, der in einem weichen Bogen über die Erde rollt.

Bis zu ihr.

Ich sage ihr, dass es mir leidtut.

– Es tut mir so leid, sage ich.

Dass ich klein bin.

Und schwach.

Und feige.

Dass ich es bisher nicht fertiggebracht habe, dir zu helfen. Einfach nicht fertiggebracht habe.

– Hör schon auf, so zu reden, sagt Kalpana.

Wir spielen zusammen Fußball. Kalpana und ich. Im Glanz des Vormittags. Ich höre die Ferne nicht mehr.

SHAKTI

Ich spüre seine Füße dicht an meinen.

Die Wege finden hier im Wasser des Eimers zueinander. Die Wege, die seine Füße gegangen sind. Und alle Wege meiner eigenen Füße.

Ich habe ein wenig Platz gemacht. So dass er sich neben mich setzen kann. Zumindest mit einer Pobacke.

Ich schwitze. Obwohl es schattig ist in dem Verschlag und das Wasser kühl ist. Da ist eine gnadenlose Hitze, die nicht von mir ablassen will. Vor der ich mich nicht verstecken kann.

Und da sind die schmerzvollen Regungen, die urplötzlich einsetzen. Die Regungen der Schlange in meinem Unterleib.

Trotzdem bin ich glücklich. Lange genug bin ich allein gewesen hier im Dunkeln. Ich bin glücklich, weil er gekommen ist. Weil Achanda da ist.

Er sprenkelt immer wieder Wasser aus dem Eimer auf meine Beine. Ich merke, wie unruhig seine Finger sind. Weil sie mich berühren wollen. Und weil sie mich nicht berühren dürfen, müssen die Wassertropfen seine Berührungen sein.
Achanda riecht streng. Sein Geruch hüllt mich ein. Aber es stört mich nicht. Es ist der Geruch der Schleichpfade, die er kennt. Die mir aber jetzt in diesen Augenblicken keine Angst mehr machen. Im Gegenteil. Jetzt gerade erzählen sie von Freiheit.

Ich möchte mit ihm zusammen singen. Das Lied aus weichen, bedeutungslosen Reimen, das uns Nele-Sister beigebracht hat.
Es tut mir gut, zu singen. Besonders, wenn es mir gerade nicht wohl ist. Ich weiß, dass Achanda das Singen albern findet, aber jetzt singt er sogar mit. Leise zwar und ein bisschen krächzend, aber immerhin.
Im Garten sieht man keine Kinder. Sie sind alle im Haus. Es ist relativ ruhig. Nur ein Pfau schreit.
Achanda und ich, wir hören auf zu singen, aber unsere gemeinsame Stille ist jetzt selbst wie ein Singen.

Dann sind von draußen Stimmen zu hören. Es sind zwei Stimmen. Eine Stimme davon kennen wir gut, die andere nicht.
Achanda späht genauso interessiert wie ich durch die geöffnete Tür ins Freie. Zur Rückseite des Hauses hin, die gut in unserem Blick ist.
Wir sehen, wie Housemother an der Hintertür einen Mann empfängt. Leise begrüßt sie ihn. Er wiederum redet laut und ungestüm.
Die beiden verschwinden im Haus, und dann hört und sieht man eine Weile gar nichts mehr. Dann setzt das Grunzen ein. Das Grunzen, das durch das zersprungene Fenster im Kloraum dringt. Wie von einem großen Tier klingt das Grunzen. Und dazwischen schreit der Pfau.

Ich weiß sehr wohl, dass Housemother Männer im Recovery Home empfängt, um mit ihnen zu tun, was sie tut. Manche der Männer grunzen. Andere nicht. So oder so: Housemother verdient zusätzlich etwas Geld. Das Geld, das man bekommt, um in einem Haus zu wohnen, ein paar Kinder in Schach zu halten und für sie da zu sein, reicht wohl nicht. Man muss zusätzlich Geld verdienen.
Ja, ich weiß, dass Housemother Männer empfängt, aber an Achandas Gesicht kann ich ablesen, dass er es noch nicht wusste.

Ich mag Housemother gern. Ich will nicht, dass sie in Schwierigkeiten gerät.
Ich schaue Achanda an und hoffe, dass er Housemother nicht verraten wird. So dass sie weggeschickt wird und nichts mehr verdienen kann.
Housemother hat uns Kinder wirklich gern, auch wenn sie manchmal streng ist.
Ich mag den schief sitzenden Zahn in ihrer unteren Zahnreihe. Er sieht keck aus. Er sieht keck aus, wenn Housemother lacht. Wenn Achanda sie verrät, wird sie nichts mehr zu lachen haben.
Ich schaue Achanda an und sehe seinen ernsten Gesichtsausdruck. Ich bin mir nicht sicher, was er denkt. Ich möchte etwas sagen, weiß aber nicht, was. Ich spüre ein pelziges Gefühl des Unbehagens.
Achanda späht mit wachen Augen zum Haus hinüber.

Housemother und der Mann kommen wieder heraus ans Licht. Housemother sagt zu dem Mann, dass er bald nicht mehr kommen kann.
– Warum nicht?, fragt der Mann.
Housemother sagt, was ich schon weiß.
– Elende Ziege, sagt der Mann. Hättest besser aufpassen sollen.
Er geht durch den Garten weg.

Housemother bleibt draußen stehen und lässt ihren erschöpften Blick ins Weite schweifen. Auf einmal entdeckt sie Achanda, der sie noch immer aus dem Verschlag heraus beobachtet. Sie macht ein ganz verängstigtes Gesicht. Mit uns beiden im Verschlag hat sie nicht gerechnet.

Mein Herz klopft schnell. Ich habe auch Angst. Ich weiß nicht, wie Achanda reagieren wird. Gut möglich, dass er etwas von Housemother einfordert, damit er nichts verrät. So wie alle immer etwas einfordern, bevor sie bereit sind, auch nur den kleinsten Schritt auf jemanden zu zu machen.

Schweigen. Blicke gehen hin und her. Dann sagt Achanda etwas. Mit einer Stimme, die genau den richtigen Ton trifft. Sie ist nicht zu laut und nicht zu leise. Sie ist für Housemother bestimmt. Und für niemanden sonst.

– Ich werde nichts verraten, sagt Achanda. Ich verspreche es.

Housemother sieht ihn an. Sie sieht ihn lange an, und in ihren Augen ist Dankbarkeit. Sie zieht die Tür hinter sich zu.

Achanda, der verzeihende Achanda. Ich bin glücklich. So glücklich bin ich, weil er das gesagt hat. Weil er nichts von ihr einfordert.

Und ich fühle noch etwas. Ich fühle jetzt, wie gern

ich ihn habe. Sein Lachen, seine Kraft, seine Treue. Seinen Kopf voller vager Ideen und Hoffnungen. Seine Augen voller Glauben.
Mir kommt wieder der Spiegel in den Sinn. Der Spiegel, der in dem Dorf, das einmal mein Zuhause war, außen an einem der Lehmhäuser lehnte. Der Spiegel, in dem sich die bösen Geister, die das Haus heimsuchen wollen, selbst erkennen und sich vor lauter Schreck davonmachen.
Ich selbst wollte immer ein Spiegel sein, bei dem es umgekehrt ist. Ich wollte immer ein Spiegel sein für jemanden, der so schön ist wie der Brother. In dem er seine Schönheit voll und ganz erkennt. Aber jetzt weiß ich, ich möchte nur noch der Spiegel für Achanda sein.

Noch drei Tage

ACHANDA

Krishna nimmt Menschen ernst, mit denen er Geschäfte macht. Er glaubt an den Handel.
Nur wer Handel treibt, der überlebt, glaubt Krishna.
Und er glaubt an das Motorrad, seinen unbändigen, knatternden Willen. Er hegt und pflegt das Motorrad. Er glaubt an das Wesen des Motorrads, als wäre es das Wesen der Freiheit.

Mein Motorrad ist wunderschön. Krishna hat das Beste aus ihm herausgeholt. Hat es strahlen lassen. Ich hatte geglaubt, dass es schön sein würde, aber ich hätte nie gedacht, dass von einem Motorrad ein so lebendiges Leuchten ausgehen kann. Ein Leuchten wie in den Augen der Menschen. Manchmal. Ganz manchmal, wenn sie ihren Kummer vergessen …
Ich habe nichts verlernt. Ich mache alles genauso, wie es mir der Mann damals beigebracht hat.

Der Mann ist schon tot. Aber seine Worte leben noch.

Das Motorrad gehorcht mir. Ich spüre sein Aufbrausen, seine Kraft, seinen Ungehorsam. Wie es Hitze verströmt, die ich an den Beinen spüre. Aber ich kann all das bändigen.

Das Motorrad muss sich meinen Befehlen unterordnen. Das weiß es. Es weiß, dass seine Freiheit mir gehört.

Ich fahre im Kreis herum, immer im Kreis herum auf der weiten brachliegenden Fläche, die Krishnas Reich ist. Aber der Kreis wird enger. Enger und enger. Der Staub wirbelt auf und steigt in die Höhe, und ich fühle mich, als würde ich mich im Zentrum eines Sandsturms befinden.

Krishna lacht und klatscht in die Hände.

– Sehr gut, ruft er. Du hast nicht gelogen. Du hast es drauf, Junge. Und siehst du: Habe ich dir nicht versprochen, dass ich gute Arbeit leisten würde? Du kannst auf mich zählen.

Ja, ich konnte auf ihn zählen. Bisher jedenfalls. Und er auf mich. Ich habe ihm das übrige Geld gegeben. Es war nicht mehr viel. Ich habe ihm das Geld gegeben, das ich sowieso noch hatte. Und noch etwas mehr. Das von der reichen Frau für zwei Botengänge kam. Kleine Sachen. Nichts Bedeutendes. Wie jedes Mal, wenn ich etwas für sie erledige. Sie schätzt, dass ich bestens mit den Wegen hier vertraut bin. Sie schätzt meine Schnelligkeit. Und dass ich zuverlässig bin. Kleine Sachen, ja. Nichts Bedeutendes. Und doch bedeutungsvoll für mich. Weil ich Krishna bezahlen kann. Lange habe ich dafür gearbeitet. Habe Dinge getan, die man nicht tun sollte. Aber ich habe nicht aufgegeben. Ich habe gewusst, wofür ich es tue. Und jetzt bin ich so gut wie am Ziel …

Ich fahre weiter im Kreis und stelle mir vor, Shakti würde hinter mir sitzen und ihre Arme würden meinen Bauch umschlingen. Fest würde sich ihr Körper an meinen pressen. Ganz fest. Und ihre Stimme käme kaum gegen den Fahrtwind an.
Ich spüre den Sand, der uns umfängt, und ich spüre, was hinter dem Sand ist: der Weg. Der Weg, der uns gehört, nur uns beiden. Und der uns auf den Hügel führt. Den Hügel des blauen Lichts.

– Ich kann das Motorrad jetzt noch nicht mitnehmen, sage ich zu Krishna, nachdem ich abgestiegen bin. Ich muss zu meinem Onkel reisen. Aber danach hole ich es. In ein paar Tagen. Du musst das Motorrad für mich aufbewahren. Du darfst es niemandem verkaufen. Du musst gut drauf aufpassen.

Krishna verspricht es mir, und ich habe keine Wahl. Ich muss ihm vertrauen.

Ich spüre ihn – den goldenen Wirbel aus Sand, der um das Motorrad her tobte. Und das Gold dahinter.
Ich spüre es noch immer, als mein Motorrad wieder in einem von Krishnas Schuppen steht. Spüre es jetzt und hier, auf dem Playground. Zusammen mit Nele-Sister und dem Brother. Zusammen mit den anderen Kindern aus dem Recovery Home.
Shakti ist nicht da. Sie sitzt wieder im Verschlag. Aber das Glück wartet auf uns. Der Tempel in den Hügeln wartet. Der von den meisten Menschen liebevoll Affentempel genannt wird. Weil Horden von Affen dort leben.

Ich habe Krishna gebeten, mir die Route zum Affentempel zu beschreiben. Die gewundenen Sandpfade, die Kurven, die ich nehmen muss, die gefährliche, laute, dröhnende Ring Road, auf die der ganze rastlose Verkehr Kathmandus zuströmt. Und wie ich mich auf ihr zurechtfinde. Alle Gebäude und Flecken und Winkel, an denen ich mich orientieren kann.
Das hat er mir beschrieben. Schon vor langer Zeit. Und immer wieder.

Ich habe meine Ohren gespitzt. Die Route zum Affentempel ist in mir.
Ich bin gut vorbereitet. Das Motorrad wird vollgetankt sein, wenn ich es bekomme. Und ich habe mit Krishna vereinbart, dass er mir zwei Helme gibt. Helme, die Krishna nicht verkauft, sondern nur verleihen will. Gegen Anzahlung. Ich werde die Anzahlung leisten, wenn ich das nächste Mal zu ihm komme, um das Motorrad zu holen. Aber die Helme wird er nie wieder sehen. Und mich auch nicht. Sein Pech.

Der Tag ist noch nicht sehr weit fortgeschritten. Die Sonne hat noch viel zu beleuchten, viel zu enttarnen. In den Himmeln ist noch kein Regen. Noch lange kein Regen, nein. Manchmal sehne ich mich nach ihm, wenn er nicht da ist. Aber wenn er kommt und die Welt in seinen Strömen versinkt, muss sich die gute Laune festhalten, damit sie nicht weggespült wird.
Ich sitze auf der trockenen Erde des Playgrounds, zupfe an einem braunen Halm herum und ruhe mich ein bisschen aus.

Die Stimmen der Kinder sind noch aufgeregter als sonst. Nele-Sister hat einen Photoapparat mitgebracht. Sie will Photos von uns machen, wie wir über den Playground toben. Manchmal leiht sie ihn auch

kurz aus, und die Kinder machen selbst Photos. Wie jetzt. Kiran will ein Photo von Ramani machen, die Räder schlägt. Aber es klappt nicht richtig, weil sich andere Kinder in den Weg stellen. Amir will Kiran den Apparat entreißen.
Die Kinder lieben den Photoapparat, weil er sich schwer und bedeutsam anfühlt und Momente einfangen kann, die sonst für immer verloren wären. Und sie können die Photos sofort anschauen, auf dem kleinen Bildschirm des Apparats.
Wenn ich es richtig verstanden habe, dann kommen unsere Photos in ein Heft. Genauer gesagt in mehrere Hefte, die alle genau gleich aussehen. Mit Texten von Nele-Sister und dem Brother. Diese Hefte werden in dem Flugzeug sein, das Nele-Sister bald wieder nach Hause trägt. Dort will sie die Hefte anderen Leuten zeigen, die dann vielleicht auch hierherkommen, um uns zu besuchen.

Aber ich werde dann schon nicht mehr da sein.
Hoffentlich.
Ich schaue in den Himmel. In sein Ingwergelb hinein schaue ich. Dann wieder auf die Kinder. Aber ich nehme sie jetzt nicht mehr wahr.
Ich denke an Shakti. Daran, wie ich mit ihr in dem Verschlag saß. An ihre vom Wasser feuchten Beine. Und ich denke daran, dass ich übermorgen mit Śa-

rana zu meinem Onkel fahren soll. Es aber eigentlich nicht will.
Wie lange bin ich nun schon im Recovery Home?
Viele Atemzüge lang.
Und immer noch bin ich hier.
Und atme weiter.
Wie viele Kinder haben ich kommen und gehen sehen? Wie viele Brothers und Sisters?
Und die ganze Zeit über habe ich mir gewünscht, fortzugehen. Ein Zuhause zu haben.
Aber jetzt? Jetzt ist Shakti da. Und ich möchte kein anderes Zuhause mehr als sie.

Plötzlich klingt etwas in meinen Ohren. Eine Vogelstimme. Die aber keinem Vogel gehört.
Die Stimme gehört Tarun.
Er steht vor mir mit seiner weiten Hose und dem Pullover. Mit seinen bösen Augen. Und redet auf mich ein.
Unter seiner Haut ist Unruhe. Die man nicht sehen kann und doch sieht. Man sieht, wie es zuckt. Wie er sich umschaut, in der Sorge, jemand könnte uns beobachten.
– Noch mal bitte!, sage ich. Ich habe nicht genau zugehört.
– Dann hör mir halt zu!, sagt Tarun.
Es ist wichtig, sagt er.

Er bittet mich, nach dem Mädchen zu suchen. Das Mädchen, das Kalpana heißt. Dessen Namen er manchmal vor sich hin spricht. Dessen Namen er nachts sagt, wenn er heult und wir wegen ihm nicht schlafen können.

– Es ist in dem Haus, sagt er. Dem Haus von der reichen Frau, die vorgestern ins Recovery Home gekommen ist, um mich auszuschimpfen. Das Mädchen arbeitet dort. Ich kann da nicht mehr hingehen, sagt er. Weil sie mich dort kennen. Weil ich zwei Fenster eingeschmissen habe.
Dich kennen sie aber nicht. Du bist groß und stark. Du musst dich in den Keller des Hauses schleichen und nachsehen, ob sie da ist. Nachsehen, ob es ihr gutgeht. Und wenn du sie siehst, sag ihr, dass ich sie nicht vergessen habe. Dass sie bald frei sein wird.

Ich sage:

– Hast du mit Śarana gesprochen? Bestimmt kann er dir helfen.
– Ja, ich habe mit Śarana gesprochen, sagt er. Er will helfen. Aber es dauert zu lang. Śarana ist lahm. Śarana ist zu beschäftigt. Darum komme ich zu dir. Obwohl ich es nicht will. Obwohl du mir gestohlen bleiben kannst.
– Das trifft sich gut, sage ich. Ich werde es sowieso nicht tun. Ist viel zu gefährlich. Und was habe ich

davon? Was habe ich davon, wenn ich wegen dir in Schwierigkeiten komme?

Tarun sagt nichts mehr. Er sieht mich an, und seine Unruhe nimmt deutlich zu. Ich merke, dass er sich bemühen muss, sie unter Kontrolle zu halten.

Auf einmal tut er mir leid. Und ich merke, dass ich sogar ein bisschen stolz auf ihn bin. Weil er den Mut aufbringt, mit mir zu reden. Weil er überhaupt scheinbar viele mutige Dinge tut. Von denen die anderen, die böse auf Tarun sind, nichts ahnen.

Ich denke daran, dass ich mit der reichen Frau aus der Nachbarschaft ja schon bestens vertraut bin. Durch die vielen Aufträge, die ich für sie erledigt habe.

Auch, wenn Tarun davon nicht weiß.

Auch, wenn ich ihm nichts davon erzählen werde.

Es wäre gar nicht schwierig für mich, in ihr Haus zu gelangen. Ich kenne es gut.

Ich denke darüber nach, ob ich einmal ein Mädchen bei ihr gesehen habe. Aber ich erinnere mich an kein Mädchen.

Tarun steht immer noch vor mir. Klein und einsam ist er.

Und er hat nichts.

Nichts – bis auf den Gedanken an dieses Mädchen.

Mit einem Mal kommt mir das sehr vertraut vor.

– In Ordnung, sage ich. Ich werde es tun. Ich werde nach diesem Mädchen schauen, in dem Haus. Ich werde es morgen tun. Wenn ihr wieder hier seid, auf dem Playground. Dann ist es günstig …

SHAKTI

Ich habe gehört, wie die Kinder vom Playground zurückkamen. Der Klang ihrer Stimmen war lockende, freundliche Musik. Sie hat mich aus dem Dunkel des Verschlags geholt.

Die Kinder sind noch draußen vor dem Hauseingang, zusammen mit Nele-Sister und dem Brother.

Ich bin froh, dass sie da sind. Dass ihre hellen Stimmen dem Vormittag seine Schwere austreiben wollen. Dass ich abgelenkt bin und mich nicht mehr so sehr auf die Schlange in meinem Unterleib konzentriere. Dass um mich herum wieder ein wenig Leben herrscht. Dass ich unter den Kindern sein kann. Selbst ein Kind. Nicht schon eine Frau. Wie Housemother.

Eine Frau. Die Hoffnungen ausrupfen muss wie Unkraut.

Die bestehen muss. Trotz aller Ungerechtigkeit.

Dann höre ich das Geräusch vieler Füße, die vorwärtsschreiten. Sie kommen den Hügel hinab, immer näher. Im Gleichschritt.
Dann tauchen sie auf, die ersten Soldaten. Marschieren mitten auf dem Pfad an dem Eisenzaun unseres Grundstücks entlang. Ich kann ihre entschlossenen Gesichter sehen und die Helme, die sie auf dem Kopf haben. Auf vielen von ihnen ist Sonnenglanz. Soldat folgt auf Soldat. Eine ganz schön lange Zeit lang nichts als Soldaten. In Tarnanzügen, mit Schlagstöcken, Maschinenpistolen. Dann zwei Lastgefährte. Das erste mit Soldaten beladen, das zweite mit Fracht, bedeckt mit Planen. Dann wieder marschierende Männer. Viele. Um sie herum wirbelnder Staub.
Vielleicht sollen die Soldaten mithelfen, den Aufruhr niederzuringen, von dem Śarana erzählt hat. Der Aufruhr, der wieder mal in Kathmandu herrscht, wegen den Politikern. Es soll eine Verfassung geben, bald. Aber wie sie aussehen soll, das ist noch unklar. Śarana sagt, eine Verfassung ist wichtig. Sie soll zum Wohle der Menschen sein. Ob sie aber auch zum Wohle von uns Kindern ist, das hat Śarana nicht gesagt. Nicht gesagt, nein.

Ich sehe, wie der Brother die vorbeiziehenden Soldaten beobachtet. Wie beeindruckt er ist. Wie sich seine Augen weiten und weiten.
Er sagt etwas zu Nele-Sister in der Sprache seiner Heimat.
Aber dann wiederholt er es. Er wiederholt es auf Englisch. Extra für mich. Weil er gemerkt hat, dass mein Blick auf ihm ruht.
– Es ist unglaublich, sagt er. Einfach unglaublich. Sie sehen alle so … stolz und stark aus.
Ich schaue auf den Brother. Ich sehe sein Gesicht, das nur noch Begeisterung ist.
Ich sehe es, und ich denke: Du weißt nichts vom Kämpfen. Gar nichts. Du lebst in einem schönen, friedlichen Land, wo die Träume beschützt werden …

Noch zwei Tage

TARUN

Ein schmaler Streifen, mehr nicht.
Mit ein bisschen Licht. Und viel Schatten. Eine Kakerlake, die in der Gnade meiner Faust lebt. Staub, verstreuter Beaten Rice. Ein Stück Schnur, das zum Basteln gedacht war, irgendwann einmal. Das Bonbon, das ich hier gefunden habe, ist schon in meinem Mund verschwunden. Es war ein bisschen dreckig. Aber es hat gut geschmeckt.

Die Kinder sind auf dem Playground. Nur ich bin zurückgeblieben und habe mich hier unter dem Bett versteckt, im Schlafzimmer der Jungs. Ich wollte einfach nicht auf den Playground, nein. Ich will für mich sein. Allein.
Und das bin ich. Ganz allein. Sogar Housemother ist heute mitgegangen auf den Playground.
Aber ich nicht. Ich bin hier in meinem gemütlichen Versteck. Und warte.

Bis Achanda zurückkommt und mir erzählt, ob er Kalpana angetroffen hat, im Haus der Maharani. Er könnte schon vor den Kindern zurück sein, ja. Schon vor ihnen. Ich hoffe es.

Auf einmal ist etwas zu hören. Ich zucke zusammen und stoße mir fast den Kopf an den Eisenlatten. Jemand kommt ins Zimmer. Und setzt sich – ohne mich zu bemerken – aufs Bett.
Es ist nicht Achanda, nein. Das weiß ich.
Noch jemand kommt. Ich sehe seine Füße. Die hässlich aussehen. Braun. Schmutzig. Verschrumpelt.

Ich höre die Stimmen. Die eine Stimme gehört Śarana. Die andere Stimme habe ich vorher noch nie gehört. Es ist auch eine Männerstimme. An der selbstsicheren, unduldsamen Art, wie sie spricht, erkenne ich gleich, dass die Stimme diesem Alten gehören muss, der mit Achanda seine Geschäfte macht. Genauso wie mit vielen anderen Menschen hier in der Gegend.
Der Alte, von dem ich – wie alle Kinder – reden gehört habe. Vor dem viele Leute Angst haben. Nicht nur die Kinder.
Auch mit Śarana scheint er Geschäfte machen zu wollen. Die beiden verhandeln über etwas. Über ein Mädchen, glaube ich.

Und dann fällt ein Name: Shakti.
Der Alte möchte Shakti für sich haben. Er bietet Śarana Geld für Shakti. Sehr viel Geld bietet er.
Śarana lehnt ab.

– Denken Sie noch mal drüber nach, sagt der Alte. Bis heute Abend lasse ich Ihnen Zeit. Vielleicht überlegen Sie es sich noch anders. Meinungen können sich ändern.
  Vielleicht machen Sie sich bewusst, dass Sie keinen leichten Stand haben. Dass es Menschen gibt, die Ihnen nicht wohlgesonnen sind. Und den Kindern erst recht nicht. Es wird schwer werden für Sie. Schwer zu erwirken, dass Ihre Kinder hier bleiben dürfen. So wie die Kleinen sich momentan aufführen. Und Sie haben sie nicht unter Kontrolle. Gar nichts haben Sie unter Kontrolle. Das wissen Sie. Ja, schwere Zeiten warten.
  Und es könnte noch viel schwerer werden, wenn Sie und ich, wir beide, nicht an einem Strang ziehen. Überlegen Sie es sich.
  Nur Sie können es entscheiden. Und nur Sie können wissen, wie viel Geld Sie mir nichts, dir nichts ausschlagen können.

Der Alte verabschiedet sich nicht von Śarana. Er lässt ihn stehen. Einfach so. Ich höre, wie er einfach geht Ich habe noch nie erlebt, dass jemand Śarana

allein lässt. Alle wollen sonst Śaranas Aufmerksamkeit. Immerzu.
Śarana sitzt immer noch auf dem Bett.
Zum ersten Mal kommt es mir in den Sinn, dass Śarana einsam sein könnte. Genauso einsam wie wir.

Die Kinder sind zurück vom Playground. Sie sind zurück und sitzen im Spielzimmer und starren in den flimmernden Kasten.
Die Kinder sind zurück.
Aber nicht Achanda. Er nicht, nein.
Ich bin draußen vor dem Haus und zerspringe fast vor Ungeduld.
Dann ein quietschendes Geräusch. Das Tor in dem Eisenzaun öffnet sich. Und er ist da. Endlich. Endlich.
Ich bin so froh, dass er da ist. Achanda. Den ich nicht ausstehen kann. Der aber trotzdem meine Hoffnung ist. Meine einzige.
Ich lasse ihm keine Zeit. Er muss reden. Reden muss er. Jetzt und sofort. Ich muss wissen, ob er Kalpana gesehen hat. Ich muss wissen, wie es ihr geht.
Seine Augen sagen, dass er sie nicht gesehen hat. Seine feigen, verlogenen Augen. Seine Augen sagen es, noch bevor sein Mund anfängt zu sprechen.
– Ich bin im Haus gewesen, sagt Achanda. Auch im

Keller. Ich habe mir alles ganz genau angeschaut. Jeden Winkel habe ich überprüft. Soweit es mir möglich war. Aber da ist kein Mädchen, nein. Nirgends.

Ich kann nichts dagegen tun. Ich kann mich nicht beherrschen. Und will es auch gar nicht. Ich fange an, mit meinen Fäusten auf Achanda einzuprügeln.

Achanda verpasst mir eine Ohrfeige.

Sonst machen nur Mädchen so was.

Nur Mädchen.

Aber er weiß, warum er es tut. Für Achanda ist es ein Leichtes, sich gegen mich zu wehren. Würde er härter zuschlagen und ernst machen, wäre ich geliefert.

– Reiß dich zusammen, sagt Achanda. Ich habe getan, was du wolltest. Für dich hab ich's getan. Und habe mich selbst damit in Gefahr gebracht. Was willst du mehr? Dass da kein Mädchen ist, dafür kann ich nichts … kann ich nichts …

Die Tränen kommen. Ich kann sie nicht zurückhalten. Ich setze mich, auf den Steinboden vor dem Haus.

Ich weiß, dass Achanda recht hat. Dass er die Wahrheit sagt. Aber das macht es nicht besser. Ich bin voller Hass auf ihn.

Du wirst noch leiden, Achanda, denke ich.
Dann wirst du nicht mehr so souverän und ruhig sein.
Du wirst leiden, wie ich jetzt leide.
Wenn du nur wüsstest, was ich weiß.
Wenn du gehört hättest, was über Shakti gesprochen wurde.
Über deine Shakti. Die dumme Shakti.
Die du so gern hast – du kannst es nicht verbergen.
Ich habe es mitgekriegt.
Und bald wird sie fort sein.
Wenn du nur wüsstest, was ich weiß.
Ich werde es dir nicht verraten …
Du wirst es früh genug erfahren. Du wirst es erfahren, wenn es zu spät ist.

Achanda streckt mir die Hände hin. Ich lasse mich von ihm hochziehen.

SHAKTI

Die Träume, die bösen Träume, wollen mich gefangennehmen, wie sie die anderen Kinder gefangennehmen. Aber ich bin mit einem Wort entkommen. Mit einem Namen: Achanda.
Es gibt Namen, vor denen müssen die bösen Träume zurückweichen. Sie können nicht anders.
Die bösen Träume sind zurückgewichen, und da war plötzlich ein Weg durch die Dunkelheit.
Aus dem Schlafraum der Mädchen hinaus und auf den Gang. Bis nach draußen.
Und da ist er. Wie fast jede Nacht.

Wir sitzen zu zweit nebeneinander auf dem schmalen Absatz vor der Tür, an der eiskalten Luft, die einen klar denken lässt. Unter den Sternen, die über den Himmel ausgebreitet sind.
Achanda und ich sitzen nebeneinander, und obwohl es Nacht ist, sind wir uns beide der Anwesen-

heit des anderen sehr bewusst. Wir fühlen sie, alle beide.

– Morgen wirst du weg sein, sage ich zu Achanda. Nein, nicht morgen. Schon in ein, zwei Stunden. Noch bevor die Sonne aufgeht, wird Śarana hier sein, um dich abzuholen. Śarana ist pünktlich. Fast immer.

– Aber abends, sagt Achanda, abends, wenn die Sonne untergegangen ist, werde ich schon wieder da sein. Und dann in ein, zwei Tagen fahren wir zusammen fort, mit dem Motorrad. Wenn du es nur schon gesehen hättest wie ich. Wenn du gesehen hättest, wie schön es ist. Es ist kleiner als Śaranas Motorrad. Aber es ist schöner. Ja, viel schöner. Und es wird uns hinauf auf den Hügel fahren. Zu dem heiligen Ort.

Ich ringe mich dazu durch, Achanda etwas zu fragen, was ich nicht fragen will:

– Und dann?, frage ich. Wo fahren wir dann hin?

Achanda antwortet nicht. Lange antwortet er nicht.

– Es gibt viele Orte, sagt er dann. Du kannst auf mich zählen. Es gibt viele Orte.

– Ja, sage ich. So viele Orte, wie es da oben Sterne gibt.

  Aber die Dunkelheit zwischen den Sternen ist viel größer.

Noch ein Tag

SHAKTI

Ich schaffe es heute einfach nicht aufzustehen.
Ich liege noch immer auf dem Stockbett. Obwohl das Licht schon lange durch das Fenster dringt und eine glühende Woge mein Gesicht überflutet. Meine Augen sind geschlossen, aber ich schlafe nicht. Die ganze Nacht habe ich nicht geschlafen. Ich habe gewartet. Gewartet, bis Śarana kam, um Achanda abzuholen. Und als die beiden fort waren, habe ich immer noch gewartet.
Auf Achandas Rückkehr? Das dachte ich. Bis ich gemerkt habe, dass ich auf etwas ganz anderes warte. Darauf, dass das Unheil kommt. Und es wird kommen.

Housemother hat sich nicht beschwert, weil ich noch im Bett liege. Das ist verdächtig. Keines der anderen Kinder ist da, um mich wachzurütteln. Eine seltsame Stille erfüllt das Recovery Home.

Dann kommt Housemother ins Zimmer. Aber sie ist nicht allein. Bei ihr ist der Mann. Der Mann, der immer am Playground herumlungert.
Warum erlaubt sie diesem Kerl, hier zu sein? Bei uns Kindern?
Er sieht nicht ganz so schlimm aus wie sonst.
Er hat sich gewaschen und saubere Klamotten angezogen.
Aber sein Atem stinkt immer noch.
Und seine Augen haben nichts von ihrer Bosheit verloren.
Warum ist sie so sonderbar freundlich zu ihm?
Ist da Furcht in ihrem Blick?

Sie sagt zu mir:
– Packst du bitte ein paar Sachen zusammen. Der Herr ist extra wegen dir gekommen. Ihr unternehmt einen kleinen Ausflug. Er bringt dich zu jemandem, der dich sehr mag. Śarana hat es erlaubt. Und beeil dich bitte! Es muss recht schnell gehen …
Ihre Stimme klingt fremdartig. Die Mundwinkel zittern.
Sie sagt *der Herr* zu ihm … *der Herr* sagt sie …

Auf einmal ist das Rauschen des Flusses in meinem Kopf. Des Flusses, den ich überqueren sollte, an dem Tag, an dem ich fortgeholt wurde aus meinem Dorf. Der Fluss, der reißend war. Und die Farbe von Zinn hatte.

ACHANDA

Jetzt ist der Moment gekommen.
Ich habe nicht viel Zeit.
Śarana ist drinnen in dem Haus und schenkt sein Lächeln, gegen das Schatten nicht ankommen. Und redet mit meinem Onkel, mit meiner Tante. Redet davon, wie lieb und klug und zuverlässig ich bin.
Was für ein guter Junge.
Und ich – der gute Junge – bin draußen im Licht, das den Hügel umstrahlt. Und spiele mit den anderen Kindern. Den Kindern von Onkel und Tante.

Wir stehen in einer Art Kreis vor dem Haus. Jeder von uns hält etwas in der Hand – ein Stück Pappe oder ein festes Stück Baumrinde. Und ein schwarzer Ball aus zerrupften Federn saust durch die Luft, hierhin, dorthin. Gemeinsam versuchen wir, dieses malträtierte Etwas in der Luft zu halten, so lange wie es eben klappt, bevor es wieder auf die Erde fällt.

Die Kinder sind nett. Freundlich. Gleich nach unserer Ankunft haben sie Śaranas Motorrad umringt und mir viele Bonbons geschenkt. Sie sind nicht so verschlagen wie die Kinder im Recovery Home.
Sie sehen alle unterschiedlich aus. Sie sind groß und klein, haben abstehende Ohren, schwarze Flecken im Gesicht, Hinkefüße, schöne Lippen.
Sie sehen alle unterschiedlich aus, aber die Nachgiebigkeit haben sie gemeinsam. Die Nachgiebigkeit des Glücks.
Sie sagen zu mir: Bruder. Von Anfang an haben sie mich Bruder genannt.

Aber ich bin nicht ihr Bruder.
Und ich darf nicht nett sein.
Auch wenn ich es so gern wäre.
Auch wenn ich Dankbarkeit im Herzen fühle.
Und eine Ahnung von Glück.
Eine Ahnung von dem Glück, das hier auf diesem Hügel lebt.
Leben darf. Seelenruhig.
Ich muss dagegen vorgehen. Ich muss etwas tun.
Ich habe keine andere Wahl. Śarana hat nach langer, kräftezehrender Suche einen guten Menschen gefunden. Einen sehr guten Menschen, der mich aufnehmen will. Da kann man sich nicht so leicht dagegen sträuben.

Es sei denn, man lässt sich etwas einfallen. Und genau das habe ich getan.

Jetzt ist der Moment gekommen.
Ich muss etwas tun. Etwas Böses.
Shakti zuliebe.
Es ist richtig, es zu tun. Ich weiß es.
Auch, wenn es schwierig ist.
Und ich es nicht will.
Nein, gerade hier nicht. Hier, an einem Ort, von dem ich so lange geträumt habe.
Ich muss es aber tun. Damit sie mich nicht hierbehalten wollen.
Damit ich nicht fortgehen muss. Fort von ihr.
Ich muss Schluss machen mit ihrer Nachgiebigkeit.
Der Nachgiebigkeit ihres Glücks.

Ich habe mir den kleinen Jungen ausgesucht. Der am hübschesten ist. Mit den schönen Lippen.
Ich glaube, meine Tante hat ihn gern.
Das ist gut.
Ich muss ihm weh tun.
Nicht so, dass er ernsthaft verletzt wäre. Aber es muss schlimm genug sein, dass Zweifel aufkommen.
Und Zweifel bedeuten alles.
Vielleicht ist der Junge, der aus dem Recovery Home kommt, ja doch kein guter Junge.

Jetzt ist der Moment.
Der Ball aus zerrupften Federn fliegt auf mich zu.
Ich verfehle ihn. Mit Absicht.
Ich bücke mich. Hebe ihn aber nicht auf. Ich hebe etwas anderes auf.
Der Stein ist klein und hat eine scharfe Kante.
Der Stein ist bestens geeignet.
Ich kenne mich aus. Alle Kinder sind hier und sehen mich.
Das ist gut. Die Kinder schauen mich neugierig an.
Sie wundern sich, warum ich nicht den Ball aufgehoben habe.
Auch der Junge schaut mich neugierig an.
Armer Junge, denke ich. Er weiß nichts von Shakti.

Ama hat früher manchmal zu uns Kindern gesagt:
Wer einen Stein wirft, der kriegt ihn selber ab.
Aber ich habe es nicht geglaubt.
Und glaube es auch heute nicht.
Ich muss gut zielen.
Einen zweiten Versuch habe ich nicht.
Ich ziele gut.
Ich treffe den Jungen am Kopf.
Besser hätte es nicht laufen können. Der Junge weint.
Seine schönen Lippen sind weit aufgerissen.
Er weint und hat eine schmale Wunde über dem Auge, aus der ein bisschen Blut kommt.

Er weint und weint. Und die Tante ist aus dem Haus gelaufen, um zu sehen, was passiert ist.

Wir sind zurück, Śarana und ich. Angekommen im Recovery Home. Noch bevor der Tag verglüht ist. Wie ich es Shakti versprochen habe.
Es war ein langer Tag.
Es war eine lange Fahrt.
Gegen Ende hin, als die Sonne keine Kraft mehr hatte, wurde es kalt. Sehr kalt.
Trotzdem war es schön, die weite Strecke zu fahren. Auf dem Motorrad zu sitzen. Auch wenn ich nur hinten drauf saß, nicht gesteuert habe.
Aber meine Zeit wird noch kommen …
Besonders schön war es, auf der Straße zu fahren, die sich in Kurven die Hügel hinunterschlängelt. Die weichen Farben der Täler und in der Ferne die scharfen, gezackten Linien der Berge – Herrscher über Schnee und Eis, voller Kraft und Unbeugsamkeit.
Śarana hat beim Hinabfahren immer den Motor abgestellt, um Benzin zu sparen. Dann wurde es ganz still. Nur die kühle Luft umfing uns mit leisem Rauschen, während wir hinabrollten und immer weiter hinab – wie im Schwebeflug.

Śarana ist sehr schweigsam gewesen. Auf der ganzen Fahrt hat er nur wenig gesagt. Er ist böse, weil ich ihm Kummer gemacht und den Jungen mit dem Stein verletzt habe.
Er hat versucht, Onkel und Tante zu beschwichtigen. Hat gesagt, dass es nur ein kleine und für mich ungewöhnliche Verfehlung war. Hat ihnen noch mal versichert, dass ich ein guter Junge bin. Ein guter Junge, der es wert ist, dass man sich seiner annimmt. Aber die Zweifel waren gesät. Und ich bin stolz auf mich. Ich habe das Richtige getan. Onkel und Tante wissen, woran sie sind. Sie werden nicht traurig sein, wenn sie erfahren, dass ich fort bin …

Ja, Śarana ist still gewesen. Aber nicht nur, weil ich ihm Kummer gemacht habe. Er war vorher auch schon recht schweigsam. Irgendwas bedrückt ihn. Das weiß ich. Eine tiefe Falte hat sich heute zwischen seine Augen gegraben.
Früher hätte ich mir mehr Gedanken darum gemacht. Aber jetzt nicht mehr. Es spielt keine Rolle mehr für mich, was in ihm vorgeht. Jetzt geht mir anderes durch den Sinn. Jetzt geht mir durch den Sinn, dass ich sie gleich wiedersehe. Gleich. In jedem Augenblick.

Wir kommen ins Haus, und die Kinder umströmen uns wie laut tosendes Wasser. Sie wollen alles erzählt bekommen, alles. Auch der Brother und Nele-Sister sind da. Und Housemother, die recht erschöpft dreinschaut. Wahrscheinlich schwinden ihr allmählich die Kräfte, wegen dem Kind in ihrem Bauch.
Alle sind da. Alle. Aber eine Person fehlt.

– Wo ist Shakti?, frage ich.
– Sie ist weg, sagt Ramani fröhlich. Sie ist woanders hingekommen. Weg ist sie und kommt nicht wieder.

Eine Pranke legt sich auf mein Herz, so dass es kaum noch schlagen kann. Kaum noch schlagen.
Ich schaue in Ramanis Gesicht. Ich suche all die verschiedenen Gesichter ab, aber ich finde nur eine Antwort.
Mir wird heiß, und mein Sichtfeld verfärbt sich an den Rändern. Ich fange an, die Kinder anzubrüllen. Ich schreie sie an, mit einer Stimme, die ich nicht kenne. Und die trotzdem meine ist.
Ich sehe, wie erschrocken die Kinder sind. Dass sie diesen Achanda nicht gekannt haben. Jetzt aber lernen sie ihn kennen.
Als der Brother versucht, mich zu beruhigen, schlage

ich ihm mit der Faust ins Gesicht. Seine Lippe platzt auf. Es blutet.

Śarana zerrt mich ins Schlafzimmer. Er redet beschwichtigend auf mich ein:

– Bleib ruhig. Bleib ruhig, Achanda. Du hilfst niemanden mit deinem Zorn. Niemandem. Nichts mehr zu beklagen oder zu ändern. Shakti ist fort. Das ist alles.

Ich habe versagt.

Ich habe sie nicht beschützen können.

Ich schaue in Śaranas Gesicht.

Sie ist entführt worden, nicht wahr? Der Alte hat sie mitgenommen.

Śarana sieht mich traurig an und schweigt. Dann sagt er:

– Du weißt viel, mein Junge. Aber du weißt nicht alles. Ja, er hat Shakti mitgenommen. Aber sie wurde nicht entführt. Er hat sie gekauft.

Ich schaue Śarana an. Und verstehe nicht, was er sagt.

– Ich bin auch traurig darüber, sagt Śarana. Aber du musst das verstehen. Sie ist nur ein Mädchen. Ein einzelnes Mädchen. Und wir können mit dem Geld anderen helfen. Vielen helfen.
  Mädchen genauso wie Jungs.

Achanda, was ich tue, ist nicht umsonst. Was ich tue, erfordert Mut, Kraft. Schnelles Handeln. Was ich tue, erfordert Geld. Viel Geld. Die Spenden, die wir kriegen, von den Brothers und Sisters, die reichen nicht immer, Achanda. Man braucht Geld für so ein Haus, in dem ihr wohnen könnt. Geld für Schulsachen, fürs Essen. Fürs tägliche Leben. Geld für Informationen, wenn ich eure Familien finden will. Geld, um eure Familien anfangs zu unterstützen, wenn sie euch wieder aufnehmen. Geld für Housemother, die auf euch achtet. Verstehst du das? Verstehst du das, Achanda? Ich bin hilflos. Genauso hilflos wie du. Ein einzelnes Mädchen wird es nicht gut haben: Shakti. Das ist wahr. Aber viele andere werden es dafür gut haben. Du wirst es gut haben. Wenn du bei der Familie deines Onkels unterkommst. Ich setze mich dafür ein. Ich werde nicht aufgeben. Ich verspreche es.

Genauso wie ich mich für andere Kinder einsetzen werde, immerzu. Immerzu.

Auf Śaranas Lippen ist ein Lächeln, das einsam ist.

– Ich verstehe, sage ich.

Ich kann ihn sogar wirklich verstehen. Aber es nützt nichts. Es nützt gar nichts.

Śarana, denke ich. Śarana, der gute Mann. Śarana, der gute Mann hat Shakti verkauft. Einfach so.

TARUN

Die Kinder sind geschützt. Geschützt sind sie vor der Kälte der Nacht. Mit ihren Mützen und Schals. Unter der Decke, wo sich die Wärme ihrer unruhigen Körper sammelt.
Aber nicht geschützt sind sie vor dem Dunkel.

Ich liege wach. Soll die Nacht machen, was sie will. Es spielt keine Rolle mehr. Ich gehöre ihr sowieso. Schon lange.
Ich kann ihr ins Gesicht grinsen. Das kann ich, mit meinen Lippen, die kalt sind.
Wir gehören zusammen, die Nacht und ich.
Shakti gehört auch der Nacht. Verschwunden ist sie, heute.
Endlich verschwunden.
Es geschieht ihr recht.
Alle haben immer geglaubt, dass ich bald wegkomme. Haben es gehofft.

Pah, von wegen komme ich weg!
Shakti ist weggekommen.
Zu dem Alten gekommen.
Ich glaube, das wissen alle. Achanda weiß es auch.

Er ist draußen. Wie jede Nacht ist er draußen. Vor dem Haus.
Er streift herum ums Haus, auf Sohlen, die keinen Weg mehr kennen. Keinen Weg.
Ich lächle bei dem Gedanken an Achandas Schmerz.
Vielleicht ist es Achanda aber auch gar nicht so wichtig, ob Shakti da ist oder nicht.
Vielleicht ist es ihm egal.
Vielleicht hat er sie schon fast vergessen. So wie wir sie alle vergessen werden in ein paar Tagen.
Vielleicht kommt jemand Neues.
Shakti ist nicht wichtig.
Achanda wird sie vergessen.
Achanda ist ein Lügner. Nichts an ihm ist ehrlich.

Auf einmal kommt mir in den Sinn, wie Achanda gesagt hat, dass er Kalpana nicht angetroffen hat in dem Haus. Dem Haus der Maharani.
Wahrscheinlich war das auch eine Lüge, denke ich jetzt.
Wahrscheinlich hat er Kalpana sehr wohl angetroffen.

Und er fand sie schön.
So schön, dass er sie ganz für sich behalten will.
Ich werde wütend.
Ich spüre, wie ich mich hin und her wälze, in Amirs Wade trete.
Ich spüre, wie ich aufgezehrt werde von Wut.

Auf einmal weiß ich, was ich tun muss.
Was ich tun werde.
Ich weiß es ganz genau.
Schon morgen.
Ich bin so froh und erfüllt von diesem Gedanken, dass kein Raum mehr da ist für etwas anderes. Nicht mal mehr für Kalpana.
Nein, jetzt gerade nicht, in dieser Nacht, die meine Komplizin ist …

SHAKTI

Ein fremdes, dunkles Zimmer. Eine einzelne flackernde Kerzenflamme. Ich liege auf einer Matte auf dem Boden.
Ich habe fast nichts an. Ich bin starr vor Angst. Ich kann sie riechen, meine Angst. Die Matte scheuert gegen meine Haut, wenn ich mich bewege. Aber ich kann mich kaum bewegen. Meine Hände sind hinter dem Rücken zusammengebunden. Auch meine Fußknöchel sind zusammengebunden.
Ich höre das Plätschern. Schemenhaft sehe ich den Mann hinten in der Ecke, der in den Abtritt uriniert. Das Plätschern wird heller, leiser. Setzt aus. Ein Tröpfeln.

Dann ist er da, der Mann. Setzt sich zu mir auf die Matte.
Ich kenne ihn. Es ist der Alte. Der Alte, von dem viele mit furchterfüllter Stimme erzählen. Der seine

krummen Geschäfte macht. Und die Menschen ins Verderben schickt.
Ich gehöre jetzt ihm.
Ich weine nicht. Ich bleibe stark. Ich gebe keinen Ton von mir. Trotz meiner Angst.

Er sagt:
– Meine Kleine, meine Kleine. Endlich bist du hier.
Er hält eine Spritze in der rechten Hand. Eine Spritze mit einer leicht schimmernden Flüssigkeit drin. Und mit einer sehr spitzen Nadel. Er lässt ein wenig der Flüssigkeit von ihrer Spitze tropfen.
Er neigt sich über meine Beine.
Er redet streng:
– Du musst jetzt ruhig bleiben, ganz ruhig, hörst du. Sonst wird es dir schlecht ergehen.
Er sticht die Nadel in die Innenseite meines linken Schenkels.
Der Stich schmerzt, erzeugt ein Brennen. Aber nur kurz ist das Brennen da. Die Wärme breitet sich in meinem fast nackten, ausgekühlten Körper aus. Bis in die verstecktesten Winkel. Mein Sichtfeld ist weich verhangen.
Sie ist fort, die Angst. Ich rieche sie nicht mehr. Ich nehme kaum noch etwas wahr. Ich gleite still durch das Dunkel. Fast glücklich.
Alles ist egal … ganz egal …

Heute

Er spürt die Sonne, noch bevor sie sich ganz zeigt. Die Frische der Bäume und Sträucher in den Hügeln, das Räucherwerk, mit dem die Menschen den Tag begrüßen, den Geruch der dröhnenden, tödlichen Gefährte, die giftige Wolken speien. Und zahlreicher werden, ausschwärmen in den Morgen.
Er steht alleine auf einer Anhöhe. Seine Sinne sind wach. Längst hat er das Kaninchen wahrgnommen, das auf die wärmenden Strahlen der Sonne wartet. Schon früh ist er aufgebrochen von seiner Schlafstelle in der Nähe der züngelnden Flammen, die der kränkliche Junge vor der Behausung entfacht hat. Wie es ihn der starke Mann mit seinen starken Händen geheißen hat.
Die Nacht war schon weit fortgeschritten, da hat er sie wieder gespürt: diese Kraft in der Tiefe. Stärker als jemals zuvor. Sie hat ihn mühelos und fast lautlos die Hügel hinaufgetrieben, immer weiter hinauf.

Es ist ihm nicht schwergefallen. Sie hat den Schmerz aus seinen Knochen gezogen. Hat ihn sich lebendig fühlen lassen. Lange Zeit ist es her, dass er sich im Blut und den Überresten eines toten Tieres gewälzt hat, um den Geruch des Todes an all seine Brüder und Feinde auszusenden. Überlegenheit zu zeigen. Auf seinem Weg den Pfad hinauf ist er auf eine tote Krähe gestoßen. Wie ein nachtfarbener Klecks lag sie plattgefahren vor ihm auf der Straße. Jetzt haftet der Geruch ihres Kadavers an seinem Fell.

Er steht auf der Anhöhe. Und wartet. Er weiß, sie wird zurückkehren, die Kraft in der Tiefe. Bald. Sie wird zurückkehren und ihn mit sich nehmen.

TARUN

Der Tag ist da, aber in mir ist immer noch die Nacht.
Ich bin nicht allein.
Die Nacht, sie hilft mir. Sie hilft mir dabei zu tun, was zu tun ist.
Ich bin draußen. Im Freien. Vor dem Recovery Home. Und auf der Suche.
Auf der Suche …

Der Himmel ist von hellem Licht erfüllt. Es ist nicht so diesig wie üblich. Zumindest erscheint es mir so. Die Farben wirken kraftvoll im Sonnenschein.
Ein Reisigbesen, mit dem oben auf dem schief hängenden Balkon gekehrt wird, sieht wie ein Tänzer aus.
Der Mann, der den Weg hinaufgefahren kommt mit seinem flaschenklirrenden Fahrrad, wirkt beschwingter als sonst. Seine Plattfüße treten in die

Pedale. Er lächelt mit seinem von Silberstoppeln übersäten Gesicht, als er nach den Leerflaschen ruft, die ihm die Menschen geben sollen.

Ich lasse mich aber nicht täuschen von der guten Stimmung, die der Morgen verbreiten will. Nicht täuschen.

Ein großer, kantiger Stein muss es sein, den ich finden will an diesem Morgen.

Ein Stein, der groß genug ist. Aber trotzdem klein genug, so dass ich ihn unter meinem Pullover verbergen kann.

Ein Stein, der geeignet ist, jemandem den Schädel zu zertrümmern. So einen Stein werde ich diesem friedlichen Morgen entreißen.

Auf dem Playground finde ich ihn. Nahe der Mauer. Als hätte die Nacht, die meine Komplizin ist, ihn dort für mich bereitgelegt.

Ich spüre die Freude und habe das Bedürfnis zu tanzen. Zu tanzen wie der Reisigbesen auf dem Balkon. Und ich tue es auch. Im Gegensatz zu dem Besen habe ich Arme, und ich kann meine Hüften kreisen lassen, und ich habe Füße, die rechts und links und vor und zurück trippeln können.

Soll der fröhliche Morgen doch denken, er hätte mich gewonnen. Soll er nur.

Dann hebe ich den Stein auf wie einen kostbaren Gegenstand und reibe den Staub von ihm ab.

Ich weiß, wie ich's tun werde. Ich weiß es genau.
Ich muss geduldig sein.
Ich kann's nicht tun, wenn Achanda auf seinen Beinen steht.
Achanda ist zu groß. Ich würde ihn mit meinen kurzen Armen nicht richtig treffen.
Nicht schlimm genug verletzen.
Aber ich kann's tun, sobald Achanda auf seinem Hosenboden sitzt.
Und Achanda sitzt oft auf seinem Hosenboden. Im Spielzimmer. So wie wir anderen Kinder auch.
Wenn er dasitzt, werde ich zu ihm gehen. Und wenn ich ganz dicht an ihn herangekommen bin, werde ich ihm den Stein über den Kopf ziehen.
So fest ich nur kann.
Mit ein bisschen Glück habe ich sogar die Chance, mit dem Stein noch mal und noch mal auf seinen Kopf einzuschlagen. Bis er nur noch Matsch und Blut ist. Bevor sie mich wegziehen. Aber das kann ich nicht wissen.
Es muss schon beim ersten Mal fest genug sein.
Fest genug.

Damit es aus ist mit dem cleveren Achanda.

Ich lasse den Stein unter meinem Pullover verschwinden. Mein Glück, dass der Pullover sowieso zu groß ist. Der Stein fällt nicht auf. Fällt nicht auf, nein.

Ich laufe über den Playground. Das Gewicht des Steines unter dem Pullover. Es fühlt sich nicht unangenehm an. Ich verschränke die Hände vor meinem Bauch. So dass der Stein nicht runterfallen kann.

Zu der angebundenen Kuh sage ich:

– Du könntest als Erste den Stein zu spüren kriegen. Mit dir könnte ich anfangen zu üben.

Die Kuh hat Glück. Ich brauche nicht zu üben.

Ich bin bereit. Bereit für Achanda.

Ich laufe auf dem Pfad, der hinaufführt zum Recovery Home.

Auf einmal dringen Worte an mein Ohr:

Tu's nicht!

Die Worte stammen von Kalpana.

Ich drehe mich um, aber Kalpana ist nicht da. Niemand ist da. Nur ein ganzes Stück weiter unten ein Mann. Ich sehe die blasse Farbe seines Atemschutzes, den er vor dem Mund trägt.

Mir ist flau im Magen. Meine Finger sind ganz kalt. Meine Finger, die den rauen Pulloverstoff befühlen.

Den Stoff, die Wölbung des Steines. Zweifel bedrängen mich.
Achanda kann nichts dafür, denke ich. Gar nichts.
Achanda ist nur ein Junge.
So wie ich.
Ganz genauso wie ich.
Ich stehe da, rühre mich nicht. Ich kann nicht weitergehen. Meine Beine sind schwer. So schwer sind sie. Es ist unvorstellbar, dass sie vorher noch getanzt haben.

Aber dann erhebt sich eine kraftvolle Stimme in mir:
Nein, Achanda ist nicht wie ich.
Achanda ist groß, und alle lieben ihn.
Er denkt, er wäre was Besseres.
Er denkt, er kann Kalpana für sich haben.
Er wird Kalpana nicht kriegen.
Gar nichts mehr wird er kriegen.
Meine Beine bewegen sich wieder. Ich laufe auf das Haus zu.
Das Haus, in dem die Kinder wohnen.
Die glücklichen Kinder.
An diesem glücklichen Morgen.

ACHANDA

Krishna zeigt sein Lächeln, das er für die Männer bereithält, mit denen er Geschäfte macht.
Aber an diesem Morgen kann er mir gestohlen bleiben mit seinem Lächeln.
– Wo ist mein Motorrad?, frage ich.
Er holt es aus dem Schuppen hervor.
– Du siehst, dass du auf mich zählen kannst, sagt er. Benzin ist auch drin. Wie vereinbart.
Er will mir die zwei Helme überreichen.
Die jetzt nur Ballast für mich sind.
Es gibt sowieso keinen Schutz mehr.
– Ich brauche die Helme nicht, sage ich und lasse den Motor anspringen. Ich hab's mir anders überlegt.
– Wie du meinst, sagt Krishna. Es kann sein, dass dein Motorrad am Anfang noch ein paar Macken hat.
– Es wird keine Macken haben, sage ich. Es wird

keine Macken haben, weil es keine Macken haben darf.

– Verrückter Junge, sagt Krishna.

Das Motorrad ist zahm. Es gehorcht meinen Befehlen.

Es ist heute recht still auf den Pfaden. Das ganze Geflecht der Wege ist von der Stille berührt. Jeder Laut, der zu hören ist, trägt diese Stille in sich. Und die Häuser strahlen etwas Ungewöhnliches aus. Als wäre Frieden über sie gekommen.

Mit dem Haus, zu dem ich will, ist es anders. Es sieht immer noch dunkel und wüst aus, als hätte ein Feuer dran gefressen. Ich sehe das Haus und wie es auf mich zukommt, während ich den Weg entlang rolle. Ich fahre an dem verrammelten Garagenladen vorbei, an dem Müll, der den Weg säumt und seine Fäule verströmt. An dem Gatter, das vor kurzem gestrichen wurde und feuerrot leuchtet, mit seinen Lanzenspitzen obendrauf.

Und dann ist es da, das Haus. Das Haus, das ich so gut kenne. Unten der Laden mit seinen Tischen und süßen Getränken. Und oben das Zimmer von dem Alten. Wo er Shakti gefangen hält.

Nicht weit von dem Haus entfernt, öffnet sich ein Seitenpfad wie eine dunkle, verschmutzte Wunde.

Ich kenne den Pfad. Er führt nirgendwohin. Er mündet in einer Sackgasse. Hier stelle ich das Motorrad ab. Ein guter, halbwegs sicherer Ort.
Nun stehe ich wieder vor dem Haus, blicke an seinen Wänden hinauf. Es ist gerüstet. Es weiß, dass ich da bin.
Ich bin mir sicher gewesen. So sicher, dass ich Shakti beschützen kann. Dass ich sie fortholen werde aus dem Recovery Home. Dass ich alles geregelt kriege.
Dass ich stark bin: Achanda, Herr über den Pfad.
Dass da ein freies, weites Leben ist. Irgendwo.
Ich habe an die Kraft des blauen Lichts geglaubt.
Die uns eine Heimat schafft.

Aber ich bin dumm gewesen. Es leuchtet nicht für uns.
Meine Augen haben vergessen, aufzupassen.
Und jetzt … und jetzt …

Eine letzte Chance habe ich noch. Eine letzte. Ich muss sie nutzen.
Ich bin da. Immer noch da. Es gibt mich noch. Achanda ist nicht tot. Das wird der Alte zu spüren kriegen. Und heute Abend, wenn die Schatten herabfallen, werde ich sie befreien.
Und wir fahren, wohin wir fahren …

Jetzt heißt es: Warten. Den Tag ertragen.
Den Tag ertragen, in dem Wissen, dass Shakti da oben ist.
Und leidet.
Es gibt keine andere Möglichkeit.
Jetzt heißt es: Zurück ins Recovery Home.

SHAKTI

Ich öffne die Augen. Weiß nicht, ob ich ihnen trauen kann. Ob sie mir die Wahrheit zeigen.
Dann weiß ich es.
Ich liege auf der Matte. Immer noch. Nackt. Auf der Matte, auf der ich schon liege, seit … ich weiß nicht, wie lange. Es ist Tag geworden draußen. Windstöße bauschen das Tuch, das vor dem Fensterloch hängt.
Ja, es ist Tag. Aber der Tag ist trotzdem weit fort.

Meine Hände und Füße sind nicht mehr gefesselt. Aber der Alte ist da. Er hockt neben mir auf der Matte und reinigt meinen Körper mit einem feuchten Lappen. Fährt harsch damit über meine Haut. Über meinen Rücken. Die Pobacken. Die Beine.
Der Alte sagt:
– Meine Kleine, meine Kleine. Du musst sauber sein. Immer schön sauber.

Ich versuche, möglichst viel zu sehen, ohne meinen Kopf zu bewegen. Ich weiß, dass ich ihn nicht bewegen darf. Und mein Kopf ist schwer. Und noch benommen. Ich sehe nicht viel. Aber ein bisschen was sehe ich. Ich sehe meine Klamotten, die achtlos auf dem Boden liegen. Ich sehe die alte Waschschüssel, in die der Alte seine Hände taucht und von deren Rändern das Wasser auf den Boden tropft.
Ich sehe den Holzschemel, der neben der Matte steht. Auf dem Schemel sehe ich die Spritze auf einem Papiertaschentuch liegen. Und neben der Spritze schimmert etwas. Etwas, das ich kenne.
Es ist ein Messer. Khukuri – das gekrümmte Messer der Ghurkasoldaten. In einer goldverzierten Scheide. Vielleicht aus Yakhorn.

Ich weiß nicht, wieso das Messer da ist. Ich weiß nicht, was der Alte damit vorhat. Ich weiß nur: So ein Messer habe ich mir gewünscht. Es ist noch nicht lange her. Um mich selbst zu verletzten. Jetzt brauche ich mich nicht mehr selbst zu verletzen.

TARUN

Die Kinder sind im Spielzimmer. Die vielen hässlichen Kinder. Und gehen ihren vielen hässlichen Beschäftigungen nach, bei denen sie vom Brother und Nele-Sister auch noch freundlich unterstützt werden.
Aber Achanda ist nicht da. Immer noch nicht da.
Ich sitze allein in einer Ecke. Das Gewicht von dem Stein unter meinem Pullover. Ich halte mich fern von den anderen. Tue so, als wollte ich in Ruhe gelassen werden. Niemand darf merken, dass er da ist, der Stein. Und bisher hat es auch niemand bemerkt.
Ich bin nervös. Spüre, dass mein Rücken kalt ist von Schweiß.

Wo ist Achanda? Wo bleibt er? Was ist, wenn er nicht zurückkommt? Vielleicht ahnt er etwas. Vielleicht weiß er, welchen Plan ich habe? Vielleicht hat er mich beobachtet. Hat gehört, wie ich etwas vor

mich hin gesprochen habe. Ich habe es nicht immer unter Kontrolle. Manchmal sage ich etwas, ohne es zu bemerken.
Aber nicht jetzt. Nicht jetzt, nein. Ich habe es klug angestellt. Ich bin mir sicher, niemand hat mich gesehen. Niemand hat etwas bemerkt. Niemand ahnt etwas. Auch nicht Achanda. Gerade er nicht. Er denkt, er hat mich besänftigen können, nachdem er mir die Ohrfeige gegeben hat, das letzte Mal.

Vielleicht ist er zu Kalpana gegangen. Vielleicht ist er zu ihr gegangen, und sie sind abgehauen. Zu zweit. Ganz schnell.
Ich bin wütend. So wütend. Meine Augen brennen. Ich spüre, dass in meinem Körper nur noch Raum ist für ein einziges Ziel.
Mein Körper ist klein, aber das Ziel ist groß. Ich werde es erreichen, komme, was wolle. Und ich habe eine Komplizin:
Die Nacht, die nicht von mir weicht, selbst jetzt und hier, in dem taghellen Zimmer nicht.

Und tatsächlich – auf einmal ist Achanda wieder da. Still kommt er ins Zimmer. Setzt sich.
Ich muss ruhig bleiben. Darf keinen Fehler machen. Niemandem darf es auffällig vorkommen, dass ich aufstehe und mich durch das Gewühl der kleinen

Körper auf Achandas Rücken zu bewege. Niemand darf die Wölbung unter meinem Pullover bemerken.
Es klappt. Ich bin schon fast bei ihm. Ich sehe die dunklen fettigen Haare an seinem Hinterkopf. Achanda sitzt da. In sich versunken. Er kriegt gar nicht mit, was um ihn herum geschieht. Gar nichts kriegt er mit.
Jetzt ist es so weit. Endlich. Jetzt werde ich den Stein unter dem Pullover hervorholen.
Keiner kann mich mehr aufhalten.

Plötzlich höre ich Flügelsschlagen und lautes Gekreisch der Vögel draußen. Die Kinder hören es auch. Alle. Und durch das Fenster sehen wir sie: die gewaltige Staubwolke, die schnell näherkommt und alles unter sich begräbt. Die Straße, die Häuser. Selbst den Himmel, der erfüllt war von Vogelschwingen. Ich weiß nicht, ob ich den Stein noch in meinen Händen halte oder nicht.
Dann kracht es.
Unsagbar laut.
Die Erde reißt auf.
Sie reißt auf, als wäre sie aus Pashminatuch und unter dem Tuch ist erdiger Abgrund. Von oben stürzen keine Sterne, es stürzen große Brocken der Decke herab. Ich sehe, wie ein Brocken die scheue Misha

unter sich begräbt und ein anderer den Brother. Schreie sind zu hören und ein Grollen, das wie ein Donner ist. Ein Donner, nicht hoch oben in den Lüften, sondern unten, in der Tiefe. Dann ist da nur noch Schwärze. Aber dann sehe ich etwas in der Schwärze. Ein großes Auge, das sich öffnet. Flammen schießen daraus hervor. Es ist Shivas Auge.

ACHANDA

Ich renne.
Ich renne, so schnell ich kann. Es fällt mir schwer zu atmen. Es fällt mir schwer zu denken. Aber ich habe es geschafft. Ich bin wieder aufgewacht. Ich bin nur kurz weg gewesen. Nur ganz kurz. Ich musste wieder aufwachen. Ich habe es geschafft, heraus zu klettern aus dem, was einmal ein Haus gewesen ist.
Blut rinnt über mein Gesicht. Ich streiche mit den Fingern über die Stirn und sehe: Es ist dunkel, das Blut. So dunkel wie wohl das Blut von dem Mann gewesen sein muss nach seinem tödlichen Unfall. Der Mann, der mir das Motorradfahren beigebracht hat. Ich weiß nicht, wieso ich jetzt daran denke.

Ich renne.
Ich bin in einer Staubwolke gefangen, die ohne Anfang, ohne Ende ist. Ich sehe schattenähnliche

Geschöpfe. Weiß nicht, ob sie wirklich da sind. Ich höre Schreie. Schreie, die nicht menschlich klingen und doch von Menschen stammen. Sie dringen wie aus einem anderen Reich zu mir herüber. Einem Reich der Schmerzen. Des Todes.

Da sind keine Häuser mehr. Kein Weg ist da. Nur wirbelnder Staub.
Ich muss mich konzentrieren. Ich muss mich konzentrieren auf den Pfad, der einmal da gewesen ist. Meine Füße dürfen sich nichts anmerken lassen. Sie müssen laufen, weiter und weiter. Sie müssen so tun, als gäbe es den Weg noch. Nur so ist es möglich, dass ich vorwärtskomme.
Ich renne.
Und huste.
Ich muss nicht mehr lange husten.
Ich muss nicht mehr lange rennen. Von mir aus muss ich nicht einmal mehr lange leben. Aber ich muss sie retten.
Ich muss Shakti retten.

Das schwarze Haus, in dem der Alte wohnt, ist unversehrt geblieben. Es steht noch immer da zwischen den Trümmern. Es ist da – wie die Ungerechtigkeit selbst da ist, immer da und niemals einstürzt.

Aber jetzt bin ich froh, dass es da ist. So froh. So froh, dass ich hergefunden habe. Dass ich es geschafft habe.
Da ist ein Mann vor dem Haus. Ich glaube, es ist der Mann, dem der Laden unten gehört. Mit seinen süßen Getränken. Von denen er nie etwas abgegeben hat. Aber ich bin mir nicht sicher, dass es der Mann ist. Er sieht verändert aus. Seine Augen sind weit aufgerissen. Seine Lippen sind zu einem Schrei verzerrt.
Er will mich davon abhalten, ins Haus einzudringen. Vielleicht zu meinem eigenen Schutz. Vielleicht ist er übergeschnappt. Er umschlingt mich mit seinen Armen und drückt mir fast die Luft ab. Ich lasse mich nicht von ihm aufhalten. Ich ramme ihm den Ellbogen ins Gesicht.
Die Stufen führen mich hinauf. Genauso wie sie mich immer hinaufgeführt haben. Auf der obersten Stufe sitzt das Mädchen, das dem Alten immer den Chyaa gebracht hat. Es ist von Staub bedeckt. Ich sage ihm, dass es nach unten laufen soll. Aber es scheint mich nicht zu hören. Ich packe es an den Schultern. Aber das hilft nicht. Schweigend blickt es mich an.

Nur die grelle Farbe des Tuches vor dem Fensterloch schimmert durch das staubige Dunkel. Nein, im Zimmer des Alten ist kein Leben.

Oder doch? Da ist etwas auf dem Boden. Eine Matte. Auf ihr rührt sich etwas. Da ist ein Mensch. Und noch einer daneben.

Und eine dunkle Flüssigkeit, die sich über den Boden ausgebreitet hat.

Jetzt fühle ich, dass ich schwach werde. Unendlich schwach und müde. Aber ich darf nicht schwach sein. Jetzt nicht.

– Shakti, sage ich.

Ich will es laut sagen, aber es gelingt mir nicht. Meine Stimme hat keine Kraft.

– Shakti, sage ich leise, ich bin es.

Die Luft im Zimmer ist mit den Augen kaum zu durchdringen. Aber dann höre ich die Stimme unter mir. Die Stimme, die ich kenne.

Und so gern habe.

– Ich habe ihn getötet, sagt Shakti. Als die Erde anfing zu beben. Es ging sehr schnell. Ich habe das Messer genommen und ihm in den Hals gestochen. So fest ich nur konnte. Das Blut, das hervorkam, war warm. Ich habe ihn umgebracht, Achanda. Ich gehöre jetzt der Dunkelheit. Ich bin eine Mörderin.

Ich lasse mich herabsinken, zu ihr auf die Erde. Ich taste nach ihrem Körper. Streichle ihre traurigen Haare.
– Nein, sage ich. Du bist Shakti.
Ganz still liegen wir neben dem toten Körper.

Und dann spüre ich es. Und ich weiß, sie spürt es auch. Die Erde beginnt wieder zu grollen.

TARUN

Shivas Auge ist wieder geschlossen. Fest geschlossen.
Die Schwärze, in der ich liege, weicht zurück.
Es wird heller. Ich spüre es.
Ich öffne die Augen. Schemenhaft nehme ich wahr, ich bin nicht allein. Da ist jemand. Ein Wesen. Ein Mädchen. Ich kenne das Mädchen. Ich kenne es gut. Ich weiß nicht, ob es auf der Erde geht oder über ihr schwebt. Aber ich weiß, es ist da.

NACHBEMERKUNG

Im Frühjahr 2015 verbrachte ich einige Wochen in Kathmandu, um eine kleine unterstützende Kraft in einem Kinderhilfsprojekt zu sein. Ich reiste mit Hilfe von Karmalaya, einem österreichischen Unternehmen, das vorwiegend in Nepal, einem der ärmsten Länder der Welt, nachhaltige Projekte ins Leben gerufen hat und Reisen für Menschen vermittelt, die sich sozial engagieren wollen.

Zusammen mit anderen Freiwilligen arbeitete ich vor Ort in Kathmandu in einem Projekt der von dem Nepalesen Gokul Subedi gegründeten Organisation ACCESS, die sich für die Rechte der Kinder in Nepal einsetzt.
1,6 Millionen Kinder – vorwiegend aus ländlichen Gebieten – werden von ihren Eltern als Arbeitssklaven verkauft. Jedes fünfte Kind erfährt sexuelle Übergriffe, Überbelastung, Gewalt in jedweder Form.

Wir arbeiteten in einem Heim für Kinder, die nach ihrer Verschleppung in die Zwangsarbeit befreit worden waren und vorübergehend in dem eigens von ACCESS zu diesem Zweck eingerichteten Heim unterkommen konnten.
Ich danke Tina und Matthias von Karmalaya dafür, dass sie mich nach Nepal geführt haben.
Ich danke Gokul Subedi und Bhagwan Karki und ihren Familien, Lichtern von Kathmandu.
Ich danke Andrea Schleiss und Katharina Tartler, meinen Gefährtinnen in jenem Frühjahr.

Ich kehrte nach Hamburg zurück, nur wenige Tage, bevor die beiden Erdbeben der Stärke 7,8 und 7,2 Nepal erschütterten. Die Erdbeben forderten fast 9000 Tote und über 20 000 Verletzte. Mehr als ein Viertel der Bevölkerung war und ist von dem Erdbeben direkt betroffen. Eine immens große Zahl an Gesundheitseinrichtungen und Schulen wurde zerstört.

Die Kinder, die ich in Nepal kennenlernen durfte, haben überlebt. Dies erfüllt mich mit Dankbarkeit.

Frédéric Beigbeder schrieb in seinem Roman »Windows on the world« über die Terroranschläge vom 11. September 2001 in Manhattan: »Es gibt nur eine Möglichkeit, zu erfahren, was sich am 11. September 2001 zwischen 8.30 Uhr und 10.29 Uhr im Restaurant des Nordturms zugetragen hat: Man muss es erfinden.«

Für mich persönlich ist dieser Satz auf alle Geschehnisse anwendbar, die sich unserem Einblick entziehen und trotzdem mit unserem Leben verknüpft sind.

Dieses Buch ist ein Roman. Seine Personen und seine Handlung sind fiktiv.
Er ist den Kindern und Jugendlichen von Kathmandu gewidmet. Ich möchte mich bei ihnen für alle Fehler entschuldigen, die mir im Roman unterlaufen sind, denn ihre Augen haben viel mehr gesehen, als ich jemals zu schildern im Stande wäre.

Und er ist Kathleen Kriemann, einer jungen Deutschen, gewidmet, die meinen Weg in Hamburg gekreuzt hatte und die während des Erdbebens in einem kleinen Bergdorf in Nepal ums Leben kam.